JAMES BOND
007典藏精选集

终极武器

[英]伊恩·弗莱明 著
徐建萍 译

北京联合出版公司

007 目录
CONTENTS 终极武器

001　第 一 章　邦德归来
027　第 二 章　冒死接见

053　第 三 章　变态狂魔
079　第 四 章　老友重逢

097　第 五 章　死神降临
115　第 六 章　神秘股东

125　第 七 章　并肩作战
129　第 八 章　金枪出现

137	第九章	泄露身份
143	第十章	冒死送信
147	第十一章	假未婚妻
153	第十二章	宣判死刑
159	第十三章	危险来临
163	第十四章	决战时刻
175	第十五章	垂死挣扎
185	第十六章	劫后重生

CHAPTER 1

/ 邦德归来 /

一年前，英国秘密情报局局长麦耶秘密将007号情报员詹姆斯·邦德派往日本，他的任务是想尽一切办法从日本安全调查局那里搞到"魔幻44"的绝密文件。但是他们没想到日本方面却提出一个条件，要求邦德必须亲自赴日本九州福冈暗杀布罗福尔德——被称为"死亡乐园"的霸主，事成之后日本才会提供"魔幻44"的绝密文件。"死亡乐园"的霸主布罗福尔德在欧州创建了魔鬼党，这个魔鬼党专门干一些绑架、暗杀、勒索等恐怖活动。魔鬼党在欧州的老窝被端后，布罗福尔德跑到了日本，在日本建了座植物园，这座植物园里面全是剧毒植物、动物、火山口，还有食人鱼，植物园名义上是为科学研究做贡献，实际上却是以"死"为诱饵，从而为那些想自杀的日本人提供方便。在短短不到一年的时间里，已有大批日本人选择在这所植物园里结束自己的生命，这一情况在日本社会中造成了极大的恐慌。并且这个"死亡乐园"的霸主还是杀死邦德新婚妻子的大仇人。所以，让邦德赴"死亡乐园"去杀掉布罗福尔德也可以说是公私兼顾。在日本，邦德成功杀死了布罗福尔德。但是，在暗杀布罗福尔德这场激烈的战斗中，邦德头部受到了重创，患了失忆症。所幸，他在芳子——日本渔家女的精心护理下，又慢慢恢复了往日的健康，但是很可惜，他的记忆只有很小部分的恢复。所以，邦德执意要去海参崴，因为在那里，他也许能找回他的全部记忆。但是到了海参崴后，邦德却神秘失踪了。

　　英国秘密情报局和他们的麦耶局长都认为邦德已经因公在日本牺牲了。而且，日本方面也来电证实了他们的猜测。

但是，邦德却又在这个寒冷的十一月，神秘地出现在了伦敦！

英国秘密情报局的电话总机室里，总机小姐满怀好奇而又紧张地和身边的同事说："真是奇怪！难道死人还能复活？鬼魂也会拨电话？"

"大清早的，你在胡乱说什么呀？"旁边那位同事不解地问。

"谁胡说了，我是说，邦德在往我们这儿打电话呢。"

"邦德？哦，上帝！他不是一年前就在日本了死吗？"

"但他现在确实是在伦敦打来的电话，他还要找麦耶局长讲话呢！"

"小心，别上当，恐怕是个冒充的！"

"不可能是冒充的，他知道我们的机密号码！"

"上帝啊！怎么会有这种怪事？"

"是呀，这真是件怪事！"

旁边那位同事的年龄略微大一些，社会经验也比接邦德电话的那位小姐丰富一点儿，她想起发生在一年前的一件怪事。在邦德被证实死亡之后不久，就没有人再接过邦德打来的电话。可是，不知道从什么时候起，每当月圆的时候，就会有一个神秘女人打来电话，她总是说她收到了邦德在天王星上给她发来的消息，邦德说自己坐气球往天空上升的时候，好客的外星人把他留在了那里。邦德在消息里还说，打电报给这位女士，就是想要告诉她，自己还要在天王星上玩一些日子，然后他还要离开天王星到天堂去！请她转告地球上的人们，尤其是情报局的同事们不要为他担心！

想到这里，这位年龄略微大一些的同事开玩笑地说道："这位邦德老兄，不会是从天堂上游玩完毕，回到地球上来了吧？"

"你快别开玩笑了！你说现在这件事该怎么办啊？"

"我想，干脆把电话转接到联络中心得啦！"

"好吧，也只能这么办了！"

联络中心作为英国秘密情报局总部的第一道神经枢纽，其作用至关重要。许多问题首先都要在这里被有关人员解决，剩下的无法解决的问题再由联络中心转交到各部门去处理。联络中心既要做秘密情报局和外界的联系桥梁，又要在情报局内部使上下级的意见能够得到很好的交流。所以，每当收发、电讯等部门遇到不好处理的事情都转交给联络中心，让他们去解决。

此时，在联络中心里，电话铃声响了起来，联络官拿起电话："喂！这里是联络中心！"

"这里是总机。有个叫邦德的人——就是一年前牺牲的邦德来电话，他说他要和局长通话，请你和他联络一下！"女话务员细声细气地说。

这个电话，邦德是从一间旅馆打过来的。接通电话表明身份后，他听到接线小姐说："先生，请您等一等，我要先和联络中心的联络官联系一下，也许他能够帮助您！"

"好的，谢谢！"于是，邦德拿着电话，老老实实地等着总机小姐转线到联络官那里。他早就想到，肯定要费一番周折、一番唇舌后，他的真实身份才会被确定，英国秘密情报局才会接受他。他以前在苏联被洗脑时，波尼思上校就已经提醒过他这一切。

这个时候，有声音从邦德的电话听筒里传了出来，这个声音的主人话说得十分客气："喂，您好，我是华科上校，有什么可以帮助您的吗？"

此时，邦德的脑中似乎隐隐浮现出华科的容貌，但是，邦德感觉这副面孔似乎很遥远、很模糊。

可邦德毕竟是邦德，他立刻恢复了镇定，答道："喂，您好，华科上校，我是邦德！我……"

"什么？您说什么？邦德？您？"华科上校的声音似乎非常吃惊，并且他的声音里充满了怀疑。

"是的，我是邦德，情报局第007号情报员，我想……"

"啊，您好！不过……您真是邦德先生？您有什么事吗？"

"华科上校，现在请您帮我和麦耶局长联系一下。我有很多事情要亲自向他报告。"

华科上校在开始和邦德通话的时候，已经同时按下电话机旁边的两个电钮。其中一个是录音机的开关，也就是说，邦德的讲话内容已经被录下了，以后可供各有关单位参考调查。另外一个通到"伦敦警察厅"刑警特勤组的指挥中心。其实这是个报警器，一旦遇到紧急情况，警铃就会响个不停。指挥中心可以一面监听电话，一面检查打电话人的所在地，同一时间，他们会立即派警察展开跟踪调查。

海军上校华科在"二战"的时候，在太平洋战区从事的是战俘审讯工作，这是一位非常机警、敏感的海军情报人员。现在，华科上校知道，必须要尽他最大的智慧和力量与邦德周旋，只有这样才能给特勤组的刑警足够的时间确定邦德的所在位置，从而采取进一步的行动。华科上校信口说道："噢，邦德先生，是这样，您要找的是位什么样的人呢？我们这里好像从来没有过您要找的这个人。我的意思是说，您是不是拨错了号码呢？"

听到这，邦德真是非常生气，但是，他仍然努力地控制着自己，耐心向华科上校解释说："上校，我拨的号码并没有错。我拨的电话，正是英国秘密情报局总部的电话，而您——华科上校是总部联络中心的联络官，也是联络中心的主任。您在"二战"的时候是一位战俘审讯官，我还知道情报局的所在的地方是摄政公园……"

邦德将情报局的诸多细节如数家珍一般地叙述着，分毫不差。可是这些细节并不是存在于他的脑海里，他已经不再是以前在英国情报局的邦德了。刚才他和华科上校所说的那些内容，是波尼思上校在他返回英国之前告诉他的。波尼思上校对英国秘密情报局可谓了如指掌，他在告诉了邦德情报局的一些情况之后，还要求邦德把这些内容用密写液记在护照里，以防忘记。当然，这本护照是苏联为邦德伪造的，护照上邦德的信息是这样的："姓名：魏斯麦；职务：公司董事长"。

邦德在电话中对情报局情况的描述，让人感觉他对情报局如此了解，华科上校对此深深地感到迷惑不解，但是，他仍旧很自然地与邦德继续对话："是的，这里是情报局，这没错。不过……"

"我说上校，既然我没有拨错电话，您为什么还吞吞吐吐的？"

"是这样，我不知道您要找的这个人是哪个部门的。您说他叫麦耶，那么请问他到底叫什么名字？"

"上校先生，难道您要让我把所有关于情报局的情况都说出来吗？您这可是外线电话，任何人都能窃听的。"

"是的，您说得非常正确，我这是外线电话。可是，我并没有让您一定要说情报局的情况呀。"

海军上校华科的语气让人听上去似乎很镇定，可是，谁又知道此时他已经感到不能再和他这么周旋下去了，他觉得必须立刻把这件事情处理掉。于是，华科上校又按下了另一个电钮，而电话那一端的邦德听到电话铃声不停地响着。然后华科上校对邦德说："对不起，又来电话了，我得去接一下，请您先别挂断，我们等一会儿再谈，行吗？"

邦德只得无可奈何地说道："好吧！"

华科上校把话筒轻轻地放下来，然后用手帕轻轻地盖在了电话上面。随即他拿起一个内线电话，这是打给安全室主任的："您好主任，我刚刚接到一个自称是邦德的人打来的外线电话，这个邦德要和局长讲话。我们都知道，邦德一年前就已经在日本牺牲了。这个电话太突然了，我觉得简直是莫明其妙。我在接电话的时候已经通知了伦敦警察厅，而且还录了音。现在我想请您也在电话中听听……好，是的，谢谢，再会！"

安全室主任在接到华科上校的电话后，顿时也和华科上校一样，感到束手无策。他取下嘴里抽了一半的香烟，将它狠狠地丢进桌子上的烟灰缸中，非常愤怒地骂了一句："他妈的！"

之后，他静静地扭开传话机的电钮，大气不敢出一声地坐在那儿，因为一旦传话机打开，房中任何细微的响声都能传到华科上校跟外线通话的话筒里。

而此时在联络中心，华科上校轻轻地把那条盖在电话上的手帕拿起来，然后拿起听筒紧紧握住，转向邦德说："实在抱歉，让您等了这么久，请原谅！对了，刚才我们说到什么地方了？哦！对，我想起来了，您说您想找麦耶，对吗？可是先生，我想我们的谈话内容也不会成为什么机密，所以，我想，您可否把那位叫麦耶的人的情况讲得再清楚一些呢？如果更具体一点儿，我想我们也许可以更好地帮助您。"

邦德听了华科上校的话，不由皱紧了眉头。他不得不压低腔调，十分小心而神秘地说："好吧，既然您不想保密，我也只好实话实说了，但是我们有言在先，一切后果由您负责！"

"没问题，我会负责的，请您放心大胆地说吧！"华科上校说。

"上校先生，本来我不愿意把这些情况讲出来。可是照现在的状况，如果我不讲出来，您就会认为我在冒充邦德，所以我现在是在万不得已的情况下，非常无奈地向您讲这些话。希望您以后能为我做证。"

华科上校故意装出非常不耐烦的腔调说："当然，邦德先生，您就不要再犹豫了，快说吧！"

"上校先生，麦耶是英国秘密情报局内部对局长的通称。他的代号是'M'，海军中将。八楼的第十二号房间是麦耶局长的办公室，而他的女秘书是一位非常漂亮、名叫莫尼彭尼的金发小姐。麦耶局长还有一位参谋长，是否也要我把他的名字讲出来？"

"哦，是的……嗯，您……我是说，您？他的名字就不用讲了吧。您现在可以谈谈情报局中别的事情，好吗？"华科上校原以为这个邦德讲不出什么秘密，但是他没想到对方竟然这么清楚情报局的内幕。他有点儿被搞糊涂了，但是良好的个人素质使他仍然强作镇定。电话另一端的邦德无奈地说："好吧，那我就说说情报局的日常生活吧！今天星期几？噢！想起来了，今天星期三。那我就要提醒您了，上校，今天情报局食堂的菜单上应该有牛排、腰子、布丁……"

"铃铃……"联络中心里电话铃声又响了，这个电话是安全室主任打来的内线电话。

华科上校忙说："对不起！邦德先生，又有人打来电话了，您先不要挂，等我一会儿。我要先去接一下那个电话！抱歉！"华科放下电话耳机，仍然像刚才那样，将手帕轻轻地盖在听筒上，然后他拿起旁边那个绿色的话筒说："主任，您有什么想法？"

"这不像是神经病在捣乱，我现在开始怀疑邦德是不是真的在一年前死在日本了，因为这个人的口音与邦德实在是太像了。我觉得，应该让汤姆斯去处理这件棘手的事情！"安全室主任在电话中十分镇定地说。

"好吧，那么您还有别的想法吗？"华科上校继续问安全室主任。

"我想，关于邦德一年前在日本因公牺牲的说法，证据不足。我们都没有发现他的尸体，就妄下结论。而且，现在想来，我在日本调查时，只要有人就邦德牺牲的事情向那个小岛上的人们询问时，那些人总是含糊其词，我认为他们似乎隐瞒了某些事情。所以，我认为，这件事我们可以再仔细研究一下。如果有什么情况，我们到时再联系！"安全室主任说完，没等华科上校说话，就"啪"的一声挂断了电话。

华科上校放下电话，赶紧又去和邦德在电话里周旋起来："对不起，真是抱歉，今天可真够忙的。现在我只能告诉您，您的事情，我想，我们帮不上什么忙。您看这样好不好，我认为汤姆斯少校也许能帮上您，建议您去找他，他应该会满足您的要求。"

"啊！那就太好了。非常感谢您，请问我怎么和汤姆斯少校联系？他在哪个部门呢？"邦德已经有些迫不及待了。

华科上校手握听筒，慢条斯理地说："请您记下来。伦敦市辛克逊大街第四十四号——这是汤姆斯少校的住址。"

"好的，我现在已经记下来了，华科上校，谢谢您！"

"还有，让我先给汤姆斯少校打个电话，向他介绍您。十分钟后您再联系他，希望他能帮助您，满足您的要求。"

"好的，谢谢您，我十分钟后和汤姆斯少校联系。非常感谢您，再会，华科上校！"

邦德放下电话，轻轻地躺在床上，刚才的通话致使他现在眉头紧锁，他慢慢地点燃了一支香烟，边抽边在脑中拼命回忆：汤姆斯少校是谁？辛克逊大街四十四号又是什么地方？邦德感觉自己怎么一点儿印象都没有，他觉得只要一想到这些个问题，脑子里就非常茫然，但是，奇怪的是，邦德对这些问题又感觉似曾相识。这种似曾相识的感觉却又是那么让人捉摸不定。邦德就这样痛苦地想了一遍又一遍，最终也理不出丝毫头绪来，最后他决定，索性就不去想它了。

他一下子从床上坐起来，抬手看了看手表，已经距离放下电话有十分钟了。于是，他拿起电话机，拨通了汤姆斯少校的电话号码。

皇后大酒店——是邦德现在所住的地方，这是一家当地最豪华的酒店，在这里他极负盛名。波尼思上校安排他住在这儿是有原因的。因为在苏俄政治保卫局秘密档案上显示，邦德实际上是个乐于追求享受的人。所以邦德返回伦敦之前，波尼思上校就提醒邦德，为了不被别人看出破绽，应该保持他一贯的个性，住在豪华大酒店，这样才能表现出邦德气派不凡的样子。

邦德已经给汤姆斯少校打完电话，从酒店的电梯中出来，走到了酒店大门，而此时酒店外的人行道上，已经有英国秘密情报局的人在那里守候了。

邦德走出酒店经过门外的书报摊时，情报局的工作人员用纽扣大小的微型照相机，将邦德的侧影照了下来。当然，邦德浑然不觉有人在跟踪他，更不知道有人已经拍下了他的侧影。

邦德走到大街上，伸手拦下了一辆出租车。而就在离这辆出租车不远的地方停着一辆送货车，车上的文字显示，这辆车是"紫玫瑰洗染公司"的，但是车里却是秘密情报局的情报人员，并且他们已经把邦德的正面全身像用装有望远镜镜头的摄影机拍了下来。当邦德乘坐出租车开始向前行驶的时候，这部"紫玫瑰洗染公司"的送货车，也开始尾随着它行驶，并且在这辆车中，秘密情报局的情报工作人员和刑警，已经开始用无线电话向秘密情报局总部及警察厅报告他们跟踪邦德的情况。

在辛克逊大街上有一幢维多利亚式的古老红砖建筑物，这就是辛克逊大街四十四号。原来"大英帝国取缔噪声联盟总会"的会址就是在这里。虽然这个机构现在早已土崩瓦解了，可是"大英帝国取缔噪声联盟总会"的铜牌仍然高挂在这座大厦的门口。

英国秘密情报局通过英国政府的公共关系部门，要来了这幢大厦，并将这座红砖建筑物的那个老旧却很宽敞的地下室改成了一个极少有人知道的、秘密的地下牢狱。而通往后院僻静的大马厩的通道就是原来地下室的"太平门"。

当然，在这座充满神秘色彩的辛克逊大街四十四号里，还设置了很多令人难以想象、极其巧妙的机关。

邦德所搭乘的出租车，在辛克逊大道四十四号的大门前停了下来。邦德下车后，走进这幢古老的红砖建筑物。而那部尾随邦德而来的"紫玫瑰洗染公司"的送货车在快到辛克逊大道四十四号时放慢了车速，然后它缓缓地被开进了伦敦警察厅的专用停车场。

就在邦德踏进这座古老建筑物的时候，邦德的正面、侧面、全身三种照片已经被英国秘密情报局的特种技术室用最快的速度清晰地放大冲晒出来，并且通过四十四号后院的大马厩，被秘密地送到汤姆斯少校那里，供他参考。

邦德走进这座神秘的建筑物，便看见一个身着便衣的警卫站在门内，但是出人意料的是他并没有阻止邦德，只是有礼貌地伸手朝传达室的方向一指,意思就是请邦德去传达室办理相关手续。

邦德往那个便衣警卫手指的传达室望去,只见在传达室中,同样也坐着一个便衣警卫。邦德再向远处望去,看见在离传达室不远的衣帽间里坐着一位美丽的小姐。此时的四十四号一片寂静,而邦德的问话打破了这寂静的气氛。

"您好先生,我和汤姆斯少校约好在这儿会面!"

"噢,好的,能请您填写一下会客单吗?"传达室里的便衣警卫站起来,看起来态度十分友好。

"好的。"

邦德边走过去边拿出自己随身携带的钢笔,他很快就填好了会客单,然后把这张会客单交给了传达室里的便衣警卫。

此时,警卫按动了对讲机,从里面发出一串通话的铃声。

"您好,我是门房,请汤姆斯少校听电话,我这里有位客人要见他!"

"我是汤姆斯,请问是邦德先生来了吗?如果是就请他进来吧,请转告他我在B室等候。"

"好的,少校!我这就请邦德先生去见您。"警卫说完,随即关闭了手中的对讲机,然后非常客气地说:"邦德先生,汤姆斯少校在B室等候您呢,请吧!"

邦德点点头,然后不失礼貌地说:"谢谢,麻烦您了!"

邦德跟着警卫刚走了几步,就听到从身后传过来一串悦耳的说话声。邦德有些好奇,他回过头,看见是那位衣帽间里美丽的小姐在说话:"可以把您的风衣和帽子暂存在这里吗,先生?"

"当然可以，不过要给您添麻烦了！"邦德非常客气地把衣帽递给那位小姐，然后跟着警卫继续向B室走去。

邦德离开后，衣帽间的那位小姐马上把风衣和帽子送到了化验室，去做纤维鉴定，出来的结果会告诉他们这件风衣和帽子在哪儿生产的。风衣中的布屑、尘埃、烟丝等也要做化验，通过这种精确的鉴定，他们可以把邦德的来龙去脉弄个清楚。

此时，警卫已经领着邦德走到一条较狭窄的走廊里。走廊里新油漆的木墙上，有一个高高的窗子，这个窗子里秘密隐藏着一个荧光镜，而在走廊的地毯下装有X光放射机及荧光镜，也就是说，一旦有人走过，他的脚就会触及开关，这样X光放射机就会放射出X光来，这些放射出来的X光反射到荧光镜上，荧光镜就会立即冲洗照片，然后将这些照片交给特技室做鉴定。所以，如果邦德悄悄地将金属品，如武器等藏在衣服里，技术人员马上就会发现。

同时，他们也能将邦德的体形、骨骼、心脏的大小等清楚地照下来，用这些资料与原来的档案资料相比较。这样一来，他们就可以知道这个邦德是真是假了。

在这条狭长的走廊尽头有两个房间，一个门上写着"A"，另一个门上写着"B"。警卫带着邦德走到标有"B"的房间前，在门上非常轻地敲了两下，随即对邦德说："汤姆斯少校已经在房中等着您呢，您进去吧！"说完，警卫向邦德鞠了一躬，然后转身走掉了。

邦德先是轻轻地敲了两下门，然后就推门进去了。这是一间十分宽敞的客厅，整个房间色调都非常柔和，让人进到房间里就有一种明快的感觉。客厅的布置非常整洁，而且东西摆放的很有秩序，但就是会让人感到稍稍有那么一点儿办公室里呆板的气息。一个看上去非常爽朗的男人从椅子上站起来，并且顺手将刚才在看的《泰晤士报》扔在地上，他面带微笑，向着邦德迎了上去，随即伸出他那只坚实并且看上去很有力的右手。

这个人就是汤姆斯少校。他非常热情地说道："邦德先生，请坐，来，请抽支烟！我记得这是您最喜爱抽的烟，您试试！"

汤姆斯少校从那个看上去很昂贵的香烟盒中拿出了一支香烟，并且还特意给他看了一下。这支烟上的标记是三个金色圆环，说明它是"米兰烟草公司"生产的。

可是，邦德好像对这种他最喜爱的香烟没有表现出特别的兴趣，他只是听从了汤姆斯的介绍，顺手拿了一支，然后很友好地说道："谢谢！"

汤姆斯少校为邦德点燃香烟，两个人相对而坐。汤姆斯少校很悠闲地跷起了二郎腿，他想尽量让自己舒适一点儿，以便能和邦德闲聊。但是，他很快发现邦德表现得很拘谨，他的两只手放在膝盖上，身子挺得笔直地坐在那里，完全和以往那种谈笑风生的态度与翩翩的风采截然不同。汤姆斯少校感到非常奇怪，可是良好的素质致使他没有表露出来，他开始和邦德周旋了。

"邦德先生，关于您的情况，您最好能提醒我一二，否则我真不知应该怎么办才能帮助您。"

而聪明的邦德很清楚，汤姆斯这是在有意试探他。在苏联的时候，波尼思上校就提醒过他，回到英国后，秘密情报局肯定会想尽一切办法对他进行探试和考验，以判定他是不是"清白"的。所以，邦德只有顺利通过那些各种各样的试探，才能重新得到情报局的认可并被他们接纳，只有被他们接纳了，邦德才能够见到M局长。所以，邦德此时暗暗下定决心，他要小心迎接情报局的各种挑战，看看自己到底能忍耐到什么地步。因此,他捺着性子说："少校，我还是原来的那个邦德，只不过因为一些公事迟回来了几天。但是现在，我像个球一样，被人踢来踢去，同时还遭受着许多不必要的怀疑。现在，你们随便考验我吧。但是，等你们考验完毕后，必须让我见局长，我有很多情况要亲自向他报告。"

"这是肯定的,不过,您也要理解我的难处。"汤姆斯少校说完，虚伪地笑一笑，然后看着邦德继续说："您要知道，您已经失踪了一年多的时间。局长大人为赞扬您的忠诚，特意在《泰晤士报》上发表了一篇悼念您的文章，他在文章里说您为了完成任务，不幸因公壮烈牺牲，日本方面也来电对您的牺牲做了证明。邦德先生，两国政府都已经十分明确地向人们宣告您的死亡，可是现在您却要我向大家宣布，您还活着，来总部报到，还要见局长。邦德先生，请您设身处地地为我想一想，我应不应该要求您为您的身份做出证明呢？"

"少校，您的话真是一针见血。是的，无论什么人遇到这种情形，只要他处在你的位置，他都应该并且必须这样做。但是，我所有能证明身份的证件都已经丢了，现在我又怎么向您证明我的身份呢？"邦德显得非常无奈。

"是呀，您的话十分有道理，而且我相信您说的这些都是真话。看您现在的模样，倒是跟邦德以前一模一样，只是您看起来瘦了一点点。我相信，您之所以消瘦了，全是因为饱受了颠沛流离之苦。可是，您必须要清楚，只有我相信您是不够的，因为这并不能代表上级也相信您。所以，我必须掌握您的具体情况，只有对您身份的真实性确切肯定，我才能让您见到局长，这样局长对您会没有半点儿疑问。但是就目前的情况看来，我现在想要做到这点非常困难，因为我现在没有能证明您就是邦德的确凿证据！"汤姆斯少校虽然在话音里透出些许同情，但也非常委婉地提出了一套拒绝邦德的理由。

"少校，您的通情达理让我非常感动，我对您十分感激。可是现在，我要怎么证明我是邦德呢？事实上，我千真万确就是邦德啊！"

"邦德先生，您是正确的，但是我还是刚才说过的那句话，我必须有足够的证据，有确切的把握，才能让您见到局长。我需要的是确凿的证据，邦德先生！"

"那按照您的意思，什么样的证据才算是确凿的证据呢？"

"这当然有很多，比方，您可以谈一谈您的一些朋友，您所知道的事情，当然，是和情报局有关的，这些情况都是证明您的身份的最好说明，当然也是具体、确凿的证据。如此一来，上面就可以更正他们说您确实已经死亡的说法，然后情报局就可以光明正大、毫无疑问地接受您还活着的事实！"

"对，对，对，这太好了，谢谢您，汤姆斯少校，非常感谢您为我想出这么多好办法。现在我想说,我的秘书是玛丽小姐,玛丽小姐可以替我证明一切,她肯定是认识我,少校,您能请玛丽小姐来一趟吗?"

"这太不凑巧了,众所周知,玛丽小姐早就已经被派到国外工作了。现在看来,她是没有办法为您做证了。邦德先生,您再仔细想想还有别人能够证明您的身份吗?"汤姆斯关切地提示邦德。

"我还认识十多个情报局总部里的人,我敢肯定,只要他们见到我,他们都能为我做证,证明我是邦德!"邦德紧皱眉头,努力在脑中搜索重要线索。

"好吧,那请您说说,他们都是谁,或者说说他们的相貌、性格和一些具体的特征。"

"好吧!那我就慢慢讲给您听!"邦德说完,深深地吸了一口手中的香烟。接着,他仅凭着大脑里的一点点记忆,把情报局里包括参谋长在内的十多人,逐一加以描述。

"是的,邦德先生,您描述得很准确,但是,您说的这些人都是情报局里的重要工作人员。很遗憾,目前他们还不能来为您做证,证明您就是邦德。再说,您描述的这些人中,有一大部分曾经被那些好事的记者们毫无保留地报道、采访过。但是幸好,这些人都是做内勤工作的,虽然身份暴露对于情报局来说是件不好的事,但损害还不是很大,可是如果做外勤工作的特工人员暴露了,后果简直就不堪设想了。"汤姆斯少校说到这里,低头吸了一口烟,然后冲邦德微微一笑,非常真诚地说:"邦德先生，您如果能描述秘密情报局总部复杂的内部结构……那么……您……譬如讲出总部的重要的地形等。"

邦德很无奈，但是现在，他也只能一边回忆，一边慢吞吞地叙述。

"不错，情报局的情况确实像您说的那样，但是您只说对了将近百分之八十，当然，剩下的百分之二十没有说对，可能是因为时间太久了，您的记忆上可能会出现一些小小的错误。现在我想再向您提一个问题，用这个问题来弥补刚才那点儿小小的不足，希望您能理解我！"汤姆斯彬彬有礼地询问邦德。

"当然，我非常理解您，您问吧，我一定知无不言，言无不尽！"邦德也很诚恳地给予汤姆斯少校答复。

"那就好，感谢您的理解。那么，请问，您是否还记得您曾经有一位叫克莉斯汀的女秘书吗？"

"曾经？"

"是的，是曾经的克莉斯汀，因为现在她早就已经不在人世了。"

"啊？是的！我知道了，我早就知道其实她活不长的，果然被我猜中了，果然她死了！唉！她……"

邦德的话还没讲完，汤姆斯少校便急忙向他发问："那么邦德先生，您知道她为什么会死吗？"

"汤姆斯少校，您不知道？这位叫克莉斯汀的女秘书其实是苏俄的双重间谍。背地里，她是为克格勃工作的，您知道吧？克格勃就是众所周知的苏俄'政治保卫局'，也就是他们苏俄的秘密特务组织,就和我们的秘密情报局是一样的,这个'政治保卫局'由一〇〇组所控制。好啦,我就讲到这儿吧,要是讲多了,恐怕你们会埋怨我的!"

汤姆斯少校之所以用克莉斯汀这个案件作为这次检验的最重要和关键的地方,是因为只有秘密情报局内部的要员才知道这件案子,它是秘密情报局的最高机密之一。可是,眼前的邦德已经给出了最起码的正确答案,从这点就可以证明,这个坐在自己对面的陌生人,的确就是詹姆斯·邦德,这一点已经毫无疑问了。所以,汤姆斯少校此时显得更加客气了,为了确保万无一失,他提出了最后一个问题:"不错,克莉斯汀的确是一个暗藏在情报局内部的奸细。好了,过去的都已经过去了,我们不提她了!我们还是谈一谈一些实质性的问题!"汤姆斯说着,抬头望了望邦德,随即他又吸了一口手中的烟,好像是在整理他那纷乱的思绪。当他把白烟从口中全部吐完后,才客气地继续说道:"现在,我还有一个疑问,您是从什么地方回来的?您在日本杀死了布罗福尔德后,去了哪里?一年多的时间不算短了,在这么长的时间您都做了什么?又是靠什么来维持您的日常生活?这些问题都是您的亲身经历,我想应该最容易回答了。这应该不会耽误您很多时间吧?"

"汤姆斯少校,我必须遗憾地告诉您,非常抱歉,您刚才提出的这几个关于我个人的小问题,目前我还不能回答您。因为这些问题十分重要,我必须也只能向局长本人汇报,非常抱歉,无论如何我是不会改变这个决定的!"邦德很坚定、但又十分抱歉地回答汤姆斯少校。

"这样啊！"汤姆斯少校的脸上满是惊讶的神色，但是随后他立刻又装出一副善解人意的面孔，微笑着、心平气和地对邦德说："好吧，我现在就打个电话试试看。希望我能帮助您，请您无论如何都要相信，我是诚心诚意地希望您的愿望能实现。"

汤姆斯少校说完这番话，从沙发上站起身来，然后把邦德进门时自己扔在地上的《泰晤士报》捡起来递给邦德，微笑着说："我去打电话帮您联系。这份是今天的《泰晤士报》，您随便看看吧！请稍等！"

"谢谢您，汤姆斯少校，但愿我没耽搁您太多的宝贵时间。"邦德接过汤姆斯手中的那份《泰晤士报》，真诚地望着汤姆斯少校说。

汤姆斯少校见此情景，非常客气地说："好的，您先看报吧，我马上就会回来的，一会儿见，邦德先生！"汤姆斯少校说完话便走出B室，然后很细心地随手把B室房门关上，接着走进了A室。

等汤姆斯少校走出房间后，邦德就坐在了沙发上，他望着那份汤姆斯递过来的《泰晤士报》，不禁陷入一片沉思。他当然不会知道，其实在这份《泰晤士报》上早已喷上一层薄薄的，并且没有任何颜色、气味的"指纹液"。也就是说，在这张报纸上凡是用手摸过的地方，都会留下一份准确无误的指纹。而现在，邦德的指纹已经被无比清晰地印在报纸上面了。

在A室里，汤姆斯少校紧张地拿起那个内线电话机的听筒说："我是汤姆斯少校，快给我接实验室，我有非常紧急的事情！"

"好的！汤姆斯少校，实验室现在已经接通了，您可以开始讲话了。"电话听筒里传来总机接线小姐甜美的声音。

"喂，我是汤姆斯少校，我想问一下你们那儿的化验结果怎么样？"

"……"电话听筒里传出的是一串串外人听不懂的语言，这样的叙述持续了很长时间。然后，汤姆斯少校对着话筒说："谢谢，谢谢！"

接着，汤姆斯少校又请总机小姐把电话转接秘密情报局总部的安全室，要安全室的主任听电话："主任，您好，我是汤姆斯少校。我认为，不，应该说我十分肯定，这位自称是邦德的人，确实就是詹姆斯·邦德——英国国防部秘密情报局第007号情报员，千真万确！因为无论是从他的照片、心脏位置、骨骼尺度、说话声音，还是字迹等方面，都已经获得十分肯定的鉴定结果，证明他就是邦德。也就是说，我前面所说的这些资料与原来邦德档案中的资料是完全吻合的，如果非要说有什么区别，就是他现在比过去稍微消瘦了一点儿！"

"汤姆斯少校，难道就没有其他需要证明的地方吗？你要知道，这件事是不能马虎的，稍有差池，你我都负不起这个责任，所以必须要小心求证，以防万一！"安全室主任在对汤姆斯少校晓以利害，而汤姆斯少校也只能恭恭敬敬地听着。

"可是主任，这个邦德连我们总部的最高机密——克莉斯汀事件都知道。您要知道，很多事情别说是外人，就是咱们情报局总部里的一些中下级干部，也都不知道，而这个邦德却对这些事情了如指掌，这还不足以证明他的身份吗？现在只需要对他的指纹加以鉴别，只要指纹吻合，我们就可以完全相信他的身份。邦德离开后，我马上对他的指纹进行鉴定。但是据我估计，绝对不会有任何差异的……"

"也许我们应该对他穿着的衣服进行检查，这些衣服的生产地和购买地应该能说明一些问题？"安全室主任又说道。

"主任，我们已经对他穿着的衣服进行过检查了。他身上穿的西服就是以往他经常穿的那种单排扣西服，还有白衬衣和黑色的窄领带。这些衣服都是新的。而他的风衣是昨天刚刚买的。虽然他对克莉斯汀的案子知道得很详细，但是对他自己失踪期间的事，一个字都不提。他再三表示，这些事一定要见到局长后亲自向局长报告。还有，有一件事让我觉得很奇怪，他以前最喜欢抽'老海军'牌的香烟，可是刚才当我把这个牌子的香烟递给他时，他反应迟钝，甚至可以说是毫无反应，简直可以说有些呆滞。另外，X光还探测到他的内衣口袋中有一支手枪。可是这支手枪很奇怪，我从来也没见过这样的枪，没有枪柄，也可能是什么新式武器吧。"

"总之，我觉得现在这个死而复生的邦德，是一个不太正常的人，所以，我觉得不应该让局长接见他，这样很不安全。不过，我实在想不出除了允许他见局长外，还有什么其他方法能让他把内心的想法原原本本地坦白交代！"汤姆斯少校说着自己内心的担忧，突然他停顿了一下，好像是在想什么，接着他又说："什么？是，主任，您说得对。行，我就在这儿等您的电话。不会的，您放心不会出什么事，他很安静，现在正坐在B室等我呢。"

汤姆斯少校一手握住电话听筒,一手从裤子口袋里掏出手帕,擦去脸上沁出的汗珠,然后又看了看自己的手表,此时他的心中万分焦急。

"喂!汤姆斯少校吗?"安全室主任的声音又从电话中传出。

"报告主任,我是!"

"我已经向局长报告过了。局长同意见邦德。同时我也已经向局长转达了您的意见,请他提高警觉。毕竟这种事情非同一般,儿戏不得呀,如果出了事,我们都不好交差!"

"您说的对,主任!但是,我想为了避免再发生更多的意外情况,您看是不是让您的秘书通知一下车库,请他们马上派一辆专车到这里来?"汤姆斯少校建议说,之后他再次看了看手表。

"好的,我这就让秘书通知车库,我想专车大约十五分钟后就能到了。"

"好的,谢谢你了,主任,再会!"汤姆斯放下电话,长长地舒了一口气。紧接着他又扭动了对讲机的电钮,神情肃穆地对着对讲机说:"是传达室吗?我是汤姆斯少校。总部已经派出专车到这里来了,预计十五分钟后到,车到后,请你马上通知我!"

"是,我会立刻向您报告!"

"还有,请你转告露丝小姐,必须在十分钟内从实验室将邦德先生的衣帽取回来,然后挂在衣帽间里,记住千万不能大意,明白了吗?"汤姆斯少校严肃地说。

"是,少校,我知道邦德先生相当厉害,所以绝不敢马虎!"

汤姆斯随后回到了B室,邦德仍然像他们刚开始谈话时那样,笔直地坐在那里,他的手里虽然拿着那份汤姆斯递给他的《泰晤士报》,但看得出来,他从未打开看过。邦德抬眼看见汤姆斯少校进来,他并没有站起来,而是仍然坐在那里,仅仅礼貌地点点头说:"少校,给您添麻烦了!"

"这没有什么,为您效力使我感到很荣幸!"汤姆斯少校坐下来,又取出那个看上去很昂贵的香烟盒,打开它,然后送到邦德面前说:"邦德先生,我知道从前您最喜爱这个牌子的香烟,味道还不错吧?您再抽一支?"

邦德从香烟盒子里拿出一根香烟,对汤姆斯少校点点头说:"谢谢您,少校,其实我已经好久不抽香烟了,现在的我无所谓哪一种香烟,我觉得抽起来都差不多。"

邦德说完随即点燃了手中的烟,然后慢吞吞地对汤姆斯说:"汤姆斯少校,局长答应要见我了吗?"

汤姆斯少校得意地说:"当然了,事情算是以完美的结局收场了。局长听说你没有死,并且还毫发无伤、平安归来,他感到非常欣慰。等局长处理完手边的公事,大概再过半小时,他就可以和您见面了!"

"那真是太好了,我都不知道该怎么感谢您才好了!"邦德的语气很热情,可是他的面部表情却还是冷冰冰的,而且他的目光也显得非常呆滞冷漠。

"十五分钟以后,局长会派专车到这里来接您和他见面。哦,还有,您的老朋友——参谋长希望找时间和您共进午餐,他很想和您叙叙旧!"

"参谋长真是个不错的朋友！"邦德看看汤姆斯少校，随后接着说："不过，很遗憾，我恐怕没有时间和他共进午餐了，拜托少校您转告他，他对我的关心之情令我很感动，请代我向他致谢。"

说完，邦德的脸上自进入到B室以来第一次露出淡淡的微笑，但是这笑容中还是带着一种冷漠，而且他的目光也并未因这短暂的微笑而变得更热情一些。

CHAPTER 2
/ 冒死接见 /

此时，在英国秘密情报局局长的办公室内，参谋长正在费尽唇舌地劝阻局长不要接见那个邦德。

参谋长在英国秘密情报局中是一位重要人物，其地位仅次于局长。他强烈反对局长要亲自召见邦德的决定，并为此感到惶恐不安。此时，参谋长正站在局长的办公桌前面，他坚决地说："局长，我认为您这次召见邦德的决定非常不妥。刚才我已经研究了情报人员刚刚获得的资料，我反对您亲自接见这个邦德，我提议由我或是其他高级工作人员代替您来见他。"

"你认为他不是邦德？"局长问道。

"不，我从没怀疑过他的身份，我可以肯定地说，这个人就是邦德——我们情报局第007号情报人员，因为X光已经透视了他的心脏，结果显示他的心脏的大小和位置与邦德以前的档案完全吻合，骨骼大小也完全一样。他的声音、字迹、容貌以及指纹都经过了最精密的科学分析，这些科学事实都足以证明这个人就是真正的邦德，这是毋庸置疑的。"

"那么既然他就是邦德，你为什么还要反对我和他见面呢？"局长疑惑地问。

"局长，我们刚刚搜查了邦德在皇后大酒店所住的房间，我们发现他的护照是假的，伪造技术也并不高明。纸是俄国出品，油墨也是，连铅字体都是俄国的。这一切都可以说明，这本护照是克格勃产品。在分析那本护照的时候，有很多使人难以理解的数字和文字被人用密写药水写在了护照的副页上。根据这些线索，我们发现，这个邦德是前天从西德返回伦敦的。令我不明白的是，邦德在日本失踪的，他是怎么到了俄国的呢？而且，俄国为什么要给他一份假护照？他又为什么如此神秘地返回伦敦？假设他没有叛变，那么他在西德的时候为什么不向 A 站和 W 站报到呢？"参谋长分析得头头是道，"并且 A 站和 W 站的两位负责人，都是邦德的老朋友。尤其是柏林的 016 号，两人曾经同属一组，并且是非常亲密的朋友……"

"我承认你说得非常有道理。但是邦德这次持假护照神秘地回来，很可能有他的目的和苦衷，而这一点，正是我要见他的最主要的原因。至于他没有和 A 站、W 站联系，我认为很有可能是因为总部和他失去联系已有一年的时间，他不愿意因为他去报到，而给情报站的同事们带来任何不必要的麻烦。总之，不管邦德是出于什么样的原因，这些都是无关重要的小节！"局长仍然坚持自己最初的意见。

"也许您是对的，邦德这次很可能是希望平安地回到伦敦，不要受到什么不必要的惊扰，所以才持用伪造的护照。可是，有一点我始终不明白，他在伦敦明明有自己的住处，为什么他这次回来不住在自己的寓所，而偏偏住在那个豪华的皇后大酒店呢？

而且，他这次回来，不仅没有回到自己的寓所住，甚至都没有回去看看，连个电话都没有打。他的那个叫梅的女仆，如果知道他回来了却是这样的情况，不知道该怎样伤心呢！"参谋长拐弯抹角地分析着邦德的不正常行为，局长却插嘴道："为什么那个梅会伤心？"

"因为只有她坚信邦德并没有死。这个苏格兰女仆早就爱上了邦德，而邦德对这件事并不是一点都不知道。梅在邦德死后用自己所有的储蓄把那幢寓所买了下来，并且还维持着邦德在时屋内的原貌。她的这番用心，多令人感动啊！所以我说邦德回到伦敦后不回自己的寓所，却住在皇后大酒店，是多么与常理相悖。他的这种做法，除了显示他的喜好享乐之外，根本就说明不了什么。还有他那一身新衣服，就算他回到了伦敦，也没有必要非得穿一套全新的衣服啊？难道他穿着原来的旧衣服，就不能回到伦敦吗？这一点也很反常。还有，他这次失踪了这么长时间才回来，应该先给我打个电话，因为我是他最好的朋友，我可以替他解决这些棘手的问题，他又不是不知道我家的地址和电话号码。可是，他并没有这样做，这也是最违反常理的做法。因为只有我可以替他铺平道路，我还可以代替他向您禀报。可是，他没有照常理来做。他不是不知道他现在的这种做法会严重扰乱我们的工作，他的这一举动使我们动用了全套检测手段，另外我们还得让日、德等地的间谍网做相关的调查取证工作。作为一名老情报人员，他应该能够想到这样的后果，可是他还是按照不合常理的方法做了。"

参谋长突然停住了，因为他看到局长已经面向窗外，大口大口地吸着烟，看上去像是在全神贯注地看着窗外的街景。

参谋长看着局长这个熟悉的老动作，他知道局长并没有完全同意自己的想法。但是这位非常忠心的参谋长却越发的顽固，他继续坚持自己的意见："局长，您看，我来办这件事是不是会更好更稳妥一些？我认为我们可以请一位著名的精神病专家来为邦德看病，如果真的证实是他的精神出了一些问题，我们可以把他送进'公园'去观察或者是治疗,再尽我们最大的力量从各个方面照料好他的生活,我们可以使他生活得像贵宾一样。但是,我坚决反对您在这里见他,因为这太不安全了,我必须对您的人身安全负责。如果您同意,我可以跟他说您去参加一个会议了,这样至少可以先稳住他。据汤姆斯少校报告说,邦德比以前瘦多了。这段期间,我们可以想尽一切办法给他增加营养,因为我觉得他瘦得不正常,我认为这是因为他缺乏休息和营养造成的。如果他不配合我们的工作,真的动起武来,我们还可以给他吃一些镇静的药物,帮助他安静下来。邦德是我的老朋友了。我非常了解他这个人。他一般不会做出粗野的举动,这与他的性格不符。我想他肯定非常愿意能够早日重返工作岗位,我们这样做,也可以帮助他尽早达成愿望。如果总部能将他的生活安顿好,我相信以他的个人素质,很快就会恢复以往的状态。我再三思考,只有这样才能解决这个问题。我希望局长能够再考虑考虑!"

局长转过身,他望着参谋长那张充满忧虑和疲惫的面孔。他知道,这位情报局的第二号人物,为了情报局的工作和局长安全,真是不辞辛苦,可以说是殚精竭虑。

而且依照现在的情况,这位参谋长还得继续这样干下去。局长看到参谋长这样忧虑和担心,被深深地感动了,局长微笑着看着参谋长说:"参谋长,谢谢你的提醒!但是我认为,整件事情比你刚才分析的还要复杂得多。一年前我派007去日本执行交换'魔幻44'的机密文件的任务,我原是想让他暂时摆脱他当时那种强烈的丧妻之痛,我想你应该还记得当时他是多么的痛苦。可是，我怎么也不会想到日本方面会突然提出一个那么自私的条件。我原本是想让他利用去交换'魔幻44'的机会到日本好好玩玩，散散心，让他忘记丧妻之痛。可是谁又能想到那个布罗福尔德也会在日本？他们两个人见面，情况当然会不可收拾。但是，这件事情最奇怪的地方就是他铲除了布罗福尔德以后，竟然会在地球上消失了一年多。你记不记得，当时在日本有一种说法，当邦德把火山引爆后，就乘气球飞走了。现在想来，这显然不是空穴来风没有原因的。我想他大概是乘气球飘入了海里，然后被敌人的海军或潜艇发现，把他抓起来，送到别的什么地方接受洗脑。如果真是这样的话，那么问题可就相当严重了！"局长紧皱眉头，若有所思地说。

"我想这也仅仅是局长的猜测，邦德是不是经历了这些事还需要寻找大量的事实来证明！"参谋长对局长的说法很不以为然。

"你说得对，现在我们马上就可以找证据来证明我刚才的猜测了。我单独见邦德是一个很好的机会，可以从他口中知道他这一年来失踪的真实情况。而且邦德也一直在坚持要亲自见到我本人才肯吐露实情。所以我相信，他一定掌握了许多不为人知的机密和险情。往好处想，如果邦德已经从敌人那里为我们获取了大量珍贵的资料呢？我们怎么可以将它拒之门外？当然，我们也要往坏处想，他这次一定要见我本人，是不是有非常险恶的用心？现在对于我们来说，局势是非常混乱的，我们不得不向坏处想一想，以防不测啊！"

"是的，您分析得对极了。所以，我还是那句话，为了保险起见，您应该把见邦德的这件事情交给我来处理。我相信以我今天的地位和声望都不足以使他向我开枪。而且我和邦德还是老朋友呢。所以，局长，我希望您能受我的意见！"参谋长无比真诚地说。

"我非常非常感谢您的诚意。但是，你忽略了一个很重要的问题，邦德一年前去日本执行的任务，是我亲自指派给他的。这次他可以说是执行完任务回来，我当然要亲自见他，而他也只能亲自向我汇报他的任务完成情况。我是他的上级，我没有任何理由不见他，你说是吗，参谋长？"局长也很诚恳地说。

"局长，您说得很对，责任当然非常重要，可是安全才是第一位呀，局长！我认为您应该接受我的意见。我们现在处于非常时期，凡事必须向坏处多想想，防人之心不可无啊！"参谋长还是坚持自己的意见。

"参谋长，您是对的，我们凡事都要做最坏的打算，所以请你为我准备两个得力的助手。一旦007有什么危险的行为，我们就把他抓起来。还有，他身上那只没有手柄的怪枪，我会多加小心的。不过，我见他的时候，你也要在里面，我要你听听他在这一年中到底做了什么，当然，这也是我迫切地想要知道的！"说完，局长习惯性地抬头望着天花板，然后向参谋长露出了淡淡的笑容："参谋长，现在你帮我请技术室的工作人员来检查上面那个机关，看看是不是还正常，这么长时间没有用过了，不知道会不会有什么故障。"

"局长，没有这个必要了，为了您的安全，我每天都要检查一次。请您放心，这个机关不会发生任何故障，但是，局长……"

"参谋长，你应该知道我的个性，只要我做出了决定，是不会轻易改变的。而且，现在我不仅仅是在做一项重要的决定，我也是在向你下达命令，所以你就马上按我说的去做吧。"局长挥挥手，没有等参谋长说完就打断了他的话，并且用缓和的语气说出了他刚刚决定的这个不可更改的命令。

此时，局长办公桌上对讲机的灯亮了，局长无可奈何地笑了一下，他压低嗓音对参谋长说："肯定是邦德来了，你现在去把他请进来吧。既然事情已经发展到这个地步，我们就听天由命吧！"

"是，局长！"参谋长说完，走出了局长的大办公室，然后转身把房门关上了。

参谋长走出去，局长坐在办公桌前的转椅上，他敲出烟斗中的烟灰，然后不紧不慢地重新换上新的烟丝，点燃了它，顿时一股股白烟从他的口中飘向天花板。局长那双炯炯有神的眼睛望着头顶上的天花板，望着望着就走神了。

邦德此时已经站在局长的大办公室外，他点点头，向局长的女秘书莫尼彭尼微笑。女秘书被邦德这个莫名其妙的笑容弄得有些不知所措。在她那张娇美的脸蛋上，露出了可怜兮兮的苦笑。这时参谋长由局长的办公室里走了出来，而邦德嘴边还挂着那一丝冷笑，他两眼呆滞地注视着前方。当他看见参谋长时，他口中喊道："嗨！老汤！"虽然邦德嘴里喊得很亲切，可他的表情还是很冷漠，而且也没有伸手去和参谋长握手。

"你好！老朋友，好久不见了！"参谋长用热情的口吻敷衍着邦德,而此时,他一眼看见了站在邦德身后的女秘书莫尼彭尼。莫尼彭尼拼命地挤眼睛、打手势,她摇摇头,用手指邦德,然后再摇摇头,脸上满是焦急和无奈。她说:"参谋长,邦德先生要见局长。"

"可以,局长立刻就要召见他!"参谋长眼睛看着邦德,毫不犹豫地回答女秘书莫尼彭尼。

"可是,参谋长!难道您忘了?局长五分钟后要去参加一个非常重要的会议。"莫尼彭尼只好用谎言来暗示参谋长,希望参谋长能配合她,他们好共同阻止邦德去见局长。

"没错,但是局长刚才特意交代,请你立刻想尽一切办法为他取消这次会议,你现在就去办吧!"

其实参谋长知道莫尼彭尼是在暗示他,他也完全明白莫尼彭尼的意思,但是见邦德是局长的命令,他必须遵照局长的命令来办这件事,所以也只能如此回应莫尼彭尼的暗示。

"是!参谋长!"莫尼彭尼无可奈何地照参谋长的意思去做。

"请吧!"参谋长对邦德说,"局长正在里面等着你呢。但愿你们能够快些谈完,我还希望和你共进午餐呢,我们已经太长时间没见了,如果连一顿午餐都没有时间吃,那就太遗憾了。一会儿,我们找个地方聊一聊。我们很久没在一起喝两杯了!"

"好啊,我也正有此意呢,老汤,待会儿见!"邦德说完,整理了一下领带,然后昂首挺胸,径直走进了局长室。

"啊!参谋长!"莫尼彭尼在邦德进去后,伏在桌上,好像难过得要哭出来了。

然后她抬起头，激动地说："我觉得这个邦德有些不对劲，我想他可能会严重威胁到局长的安全。我拼命地暗示您，可是您还是放他进去了？这简直不可思议。我的上帝啊，现在可怎么办才好啊？"

"请你镇静一点，莫尼彭尼。这是局长的决定。我还有很重要的事情要办，我必须得走了。一会儿见！"

参谋长说完，就匆匆忙忙跑回自己的办公室，进屋后，他随手关上了办公室的门。

他疾步走到自己的办公桌前，坐下身子，坚定而又严肃地按动一下桌上的电钮。宽大的屏幕上立刻出现了局长和邦德谈话的画面，同时，对讲机中出现了局长和邦德谈话的声音。参谋长忐忑不安地架起一台小摄影机，他把摄影机对准银幕，然后"嗒嗒……"地拍摄他们的每一个动作，同时，录音机也开始录下局长和邦德谈话的内容："你好！邦德！你能回来，对我们情报局来说可以说是失而复得的一件珍宝，真是老天帮忙，我真是太高兴了！"局长继续说着："请坐，邦德，喝点儿什么？来杯咖啡怎么样？要不要抽烟？"

参谋长仔细听着他们的谈话，眼睛还紧紧地盯着屏幕，注视着他们的一举一动。同时，他拿起绿色的内线电话，急匆匆地对着话筒说："我是参谋长，快接安全室，我要找他们主任听电话！"

"请稍等片刻，我马上接通！"总机接线小姐的声音依然是那么甜美，"接通了！参谋长，您可以讲话！"

"喂，是安全室主任吗？我是参谋长。我没有办法说服局长不要见邦德,请您马上物色几名得力的助手来保护局长的安全。"

"是!我马上亲自去办!"安全室主任非常紧张地说,"再见,参谋长!"

此时耳机中出现了收录机空转的声音,参谋长放下内线电话。

与此同时,在局长的办公室里,邦德就坐在局长办公桌对面那张他十分熟悉、以前常常坐的椅子上。虽然他已经被俄国的克格勃洗脑了,可是他在这里工作得太久了,对这里的感情太深了,英国情报局的许多事情,仍然在他的脑海中留下了不可磨灭的印象。或许现在邦德对这里的事情记得有点儿模糊了,但是并不是一点儿痕迹也没有。所以,在邦德的脑海中,仍然会时不时地浮现出对以往发生的一些事情不连贯的记忆。这些记忆就像一个技术拙劣的导演剪辑的零乱的电影片段,这些毫无头绪而又残破的片段搞得人晕头转向,邦德此时就是这种情形。但是邦德的个人素质毕竟是一流的,他努力地保持镇静。他知道,他现在必须集中精神来做他应该做的事,否则他就不能完成俄国的克格勃交给他的任务。

"局长,我必须告诉您,我的脑部曾经在日本受过重伤,现在要我把我失踪之后发生的每个细节都讲得很清楚恐怕有些困难。最开始,我的失忆症相当严重,几乎什么也不记得了,后来经过一段时间慢慢地治疗,才渐渐恢复了一点点记忆。"邦德说到这里,也许是真的头痛了,他不由自主地用手摸摸右边的太阳穴,然后,非常镇定地说:"一年前,您派我到日本去执行一项任务——交换'魔鬼44'的绝密文件,但是,真是冤家路窄,我在日本碰到了杀害我新婚妻子的仇人布罗福尔德。为了报杀妻之仇，我独自一人深入虎穴，但是很可惜，我中了布罗福尔德暗中设下的机关，被摔下石穴，当时我的头部撞在石板地上，因此受了重伤。后来他的爪牙们又把我抓起来，对我施以酷刑，就这样，我的头部再度受伤。不过，真是感谢老天，我最后终于亲手杀死了布罗福尔德，也为此引发了火山大爆炸。我只能乘气球逃走，才能活命。可是我万万没有想到，气球升空的时候，我的头又撞在古堡的檐瓦上。那个时候我已经精疲力竭了。我的气球在大海上越飘越远，我又怕飘得太远，以我当时的体力游不回来，所以只好戳破气球，准备坠海。可是当我坠入海中的时候，非常不幸，正好撞上一个大浪头，使我的头部再度受到严重的撞击。从那以后我就失去了记忆，脑子中成了一片空白。"

"你刚才说你在日本曾经疗养过一段时间，那么你是在什么地方疗养的？"局长紧紧地盯着邦德，不放过任何一个细节。

"我记得我先是住在日本黑岛一个渔民家中，他家似乎姓铃木，好像是日本政府介绍的。我坠海后是铃木芳子从海里把我救回来。后来我就在一个山洞中养伤。

"从那个时候起，我只知道我是一个日本渔民。可是后来有一天，我在一张旧报纸上看到一个地名——'海参崴'，我也不知道为什么，反正我就觉得我必须到那里去一趟，以后几天，我一直在想这件事，越想就越觉得必须去一趟……"

"那么你到海参崴，究竟去做什么呢？"局长有些明知故问。

"我也不知道我为什么要去。当时，我心里只有一个念头，那就是必须去一趟海参崴。后来我就自己安慰自己说：'去吧，也许到了那里，就什么都明白啦，说不定还能想起以前的事！'在这种情况下，铃木芳子为了让我能够恢复记忆，也就不阻止我了。于是，在铃木一家的协助下，我从日本坐上了去海参崴的船。"

"那么，你一个人到了海参崴后又遇到什么事呢？"

"到了海参崴，我刚一下船，就被俄国警察给抓起来了，他们抓住我后，对我一顿拳打脚踢，不仅这样，他们还揪住我的脑袋往石头上撞。我原以为这种骤然的震动会使我的脑子再度变得糟糕起来，但是事实是，这猛烈的撞击竟使我把已经遗忘的往事，又想起了一部分，就在那时，我又想起了我真正的身份。然后我才明白，为什么我一上岸就被俄国警察给抓起来了。很明显，一个白种人，非要说自己是日本人，简直是活见鬼的蠢事！可是我当时就是那么愚蠢，竟然冒充日本渔民，警察一看就知道有问题，我又怎么能不一登岸就被捕呢？而且现在回想起来，我对那段在日本黑岛的事情，也非常的迷茫，记得也不是很清楚呢！"邦德说到这里，为了稳定一下情绪，他吸了一口烟，再度陷入了沉思。

"你还记得被俄国警察抓后的事情吗？"

"他们对我用了很多酷刑。我当时把我在码头上明白过来的事情告诉了他们，只是希望他们能够明白，我不是到海参崴去进行间谍工作的，而是在记忆模糊，糊里糊涂的情况下到的海参崴，我当时还天真地希望他们能够用我去时坐的那条船把我送回日本。"

"后来呢？"局长听得聚精会神。

"后来,我没想到那些警察竟然把我交给克格勃在海参崴的分站。这个分站面对邻近海港的铁路。我被送到那儿以后,那些人先是取下了我的全部指纹,然后把这些指纹资料送到了位于莫斯科的克格勃总部,很快,我被抓住的消息引起克格勃总部的极大兴趣,他们很高兴能抓到我这个大间谍。于是我被他们用专机从海参崴送往莫斯科克格勃总部。在克格勃总部,他们用了好几个星期的时间审讯我,其实我知道,他们只是试图对我进行侦讯。我现在已经记不清当时我都跟他们说了些什么,我只是只记得他们一遍又一遍地重新讯问我,他们的目的就是为他们已经得到的资料做补充。但是,因为我当时的记忆还恢复得不是很健全,他们也许对我的回答不会感到太满意,我想,应该是很失望吧!"

"失望?"局长轻轻地吐出几口烟,他皱皱双眉,然后看了一会儿邦德,继续说:"你已经把你知道的秘密全都说出来了。他们自己又没有什么现成的资料?还不是你提供什么,他们就接受什么。你这样做,是不是有点儿,我是说,有点儿太慷慨了?"

"关于这一点,我现在也非常糊涂。我实在记不起来我都对他们讲了什么事情。"

"他们对你还算好吗,我是说,他们善待你吗?"局长旁敲侧击地问。

"他们对我的生活照顾得非常周到。所以,我也没什么理由对他们发脾气。他们把我送到总部后,我过得很好,在那里我享受了高级人员的待遇,一直住在特等病房里。在那里,他们还安排我接受最先进的治疗。他们还请了那里最优秀的脑科专家和其他医术精湛的医疗人员为我治病。他们好像并不介意我大半生的时间都在跟他们作对。在我住院的那段时间里,经常有很多政府官员去医院看望我,他们都很亲切,还安慰我,说我的病很快就会好起来的。有的时候,我们也谈到政治现状和一些我从来没听说过的事物,他们都耐心地给我解释清楚。我认为他们讲的很多问题,都让我感到心悦诚服!"

说到这里,邦德那本来很镇定的目光,突然爆发出红色的火焰,猛地一看,就像一只北极熊!但他并没有停止他的滔滔不绝,他继续说:"局长,我现在才真正了解到,您这一生都在对别的国家进行着无形的战争,而直到现在,您仍然在一刻不停地发动这样的战争。而我的大半生,就成了您进行战争的工具,我就这样毫不知情地被你操纵着,您指到哪儿,我打到哪儿。不过还好,现在这一切都结束了,我全都明白了,您再也不能按照自己的想法为所欲为了!"

而面前的这位负责英国情报工作的首脑人物,听到邦德这些话后,已经气愤得有些颤抖了。

但是,他努力使自己平静下来,不动声色地对邦德说:"你说的都是你心里的真实想法?我要提醒你注意一件事。可能你忘了,在朝鲜战争期间,我们大英帝国的战俘是怎样被他们抓去,然后被残忍地洗脑。这些都有详细的报告书,这是实实在在的证据。而且,这些报告书你以前都读过。同时,还有一点你必须明白,假如俄国真的像他们跟你所说的那样爱好和平,他们真的没有侵略行为的话,我倒想问问你,他们为什么还要设立克格勃这种特务机构呢？根据资料统计，克格勃的工作人员至少有十万人。而他们所做的那些见不得人的勾当才正是你所说的无形的战争，他们的工作就是把矛头指向我国以及其他自由民主国家。让我感到最可怕也最奇怪的是，有很多情报人员，他们都像你一样，本来是很坚强的人，但是在列宁格勒被克格勃洗脑后，他们都像中了魔一样，和从前简直就是两个人。从这一点来说，这个特务机构确实有让人刮目相看的地方！现在我问你，那些人向你谈起过不久前发生在慕尼黑的'赫却园'和'斯图拉'的大谋杀案吗？"

"当然，谈起过！"邦德尽量让自己保持平心静气，"不过，局长，您要知道，那是他们不得已而采取的一种自卫手段，起因是一些西方国家的秘密组织对他们采取了不友好的活动。"

"这完全是克格勃的片面之词！"局长说，"实际上，这两个大谋杀案正是克格勃制造无形战争的表现，是铁一般的证据。"

"局长，现在，如果您宣布解散这个秘密情报局的所有机构，我保证俄国方面也会马上宣布解散他们克格勃的所有机构，以维持世界和平。我相信他们，因为他们的态度很诚恳，他们的行为也很光明正大。我相信他们的承诺。"邦德说。

局长觉得邦德的话让人生气，又让人觉得好笑，他突然爆发出一阵大笑："哈哈……哈哈……"然后他接着说："他们会解散他们那个拥有二百个师的陆军，还有他们全部的海军舰队，然后销毁众多原子弹？"

"当然，局长，请相信他们的诚意！"

"太好了，可是，他们既然如此深明大义，又正为维护人类和平而努力着，同时他们还愿意为了世界和平而牺牲自己的利益——解散特务组织，放弃国防设备和机构，那么，如果真像你说的那样，那里可真算是一个理想的天堂了。既然那里那么好，你为什么还冒着这么大的危险回来呢？我认为，你应该在那边继续住下去，不要回来。而且，又不是没有人这样做过，像布朗，当然了，他已经死了；还有一个叫马可的，他也在那边，你可以和他做伴嘛！"

"局长，我回来是因为别的原因。俄国方面认为我回到英国，比留在那边更有意义，我在这边能做更多有意义的事情。因为他们认为我回来后，可以为世界和两国的和平做出更大的贡献。局长，您曾经把我们训练成一个掌握情报工作的专业知识和技术的情报人员，现在我认为，如果让我们把这些专业知识和技术用在为世界和平而战斗的工作上，那它将更具有价值和意义！"

说到这里，邦德看似漫不经心地将一只手伸进右边的衣服口袋中。而此时，局长也注意到了他这样的举动，他也慢慢地、很自然地把左手放到椅子的扶手上，然后悄悄地摸到了上面的一只电钮，他平静地说："邦德，你能举个例子来说明你接下来要怎样为和平而奋斗吗？"

局长说这句话的时候，他似乎很清楚地看到死神已经站在了自己的面前。同时，他也非常清楚地知道，这句话一出口，其实是在向死神发出挑战，但是，他还是这么说了。

这时候邦德已经紧张到了极点。他脸上布满了杀机，嘴唇苍白得没有一丝血色，眼睛好像随时都要喷出火来，他的身体因为激动而微微颤抖。此刻眼睛死死地瞪着局长,几乎用尽了全身力气才说出一句话:"我首先要做的就是消灭战争贩子!局长大人,第一个就是你!"说时迟,那时快,邦德以飞快的速度从口袋中掏出那只无柄怪枪,"吱吱"发出两声细微的声响……

同时,无柄怪枪中喷出两股褐红色的液体,直射局长的前胸!

也几乎就在同时,邦德头上的一块天花板发出一声尖锐的巨响——"乓!"

瞬间,就看天花板退到一边,从天花板上落下了一条又长又宽的防弹玻璃罩,这玻璃罩落下得如闪电一般的快速,恰好挡在了局长的前面。这块防弹玻璃罩从天花板一直连到地上,就好像是一座玻璃碉堡一样把局长严严实实地保护起来。而从邦德那支无柄怪枪中射出的液体,正好全部射在了那道防弹玻璃罩上面,在玻璃罩上溅成了两朵不规则的红色的花。然后这些液体顺着玻璃罩流下来。而此时坐在防弹玻璃罩后面的局长,意味深长地望着邦德微微一笑,手早已离开椅子扶手,收回了刚才的戒备动作。

这时,参谋长和安全室主任立刻冲进局长的办公室,两个人直扑邦德,将他紧紧抱住。

再看这时的邦德,也许因为过度紧张,也许因为旧病复发,现在的他已经休克了,他的头已经垂到胸前,全身就像棉花一样绵软无力。要不是参谋长和主任冲进来,抓住了他的双臂,此时的他早就已经从椅子上滑落下来了。参谋长和安全室主任合力把邦德架起来,才发觉他已经不省人事了。

安全室主任走到玻璃罩前,用鼻子闻了闻上面的液体,站起来急忙高声对参谋长和局长说道："快，赶快撤退！他放的是氰化物剧毒液，这些毒液就要气化了。快，赶快撤退，赶快撤退！"

这时，局长已经从侧门出来了，向邦德走去，站在邦德面前，他定在那里看了看邦德丢在地毯上的那只无柄怪枪。安全室主任赶快一脚把那只无柄怪枪踢到了远处，然后转身对局长说："报告局长，请您马上离开办公室，越快越好。因为这里很快就会有气化了的毒液。我在中午下班前，就可以让技术人员把这间办公室清理好，并且，为了安全起见，还会完成消毒工作。"

安全室主任的这两句话，就好像命令一样。局长听完后，马上向办公室的门走去。走到门口的时候，看见自己的秘书莫尼彭尼小姐正捂着嘴巴，呆呆地站在门口，万分惊恐地看着僵尸一样躺在地上的邦德。

这时，参谋长和安全室主任已经将邦德拖到办公室的门口，邦德那两条软软的腿，随着他的身体，在走廊的地毯上拖出两条长长的痕迹。他们把他拖进了参谋长的办公室里。

此时的局长，肚子里窝着一团火，但是他的身份告诉他，必须抑制自己的怒火，他还要指挥大家处理这混乱局面呢。他向呆站在门口、一脸惊慌的女秘书说："快把门关上，莫尼彭尼小姐。还有，通知值班医生马上来，跟他说这里有人休克了。快去呀，我的小姐，你别老是傻站在那里不动！还有，千万记住，刚才在这里发生的一切都要保密，一个字也不能泄露出去！"

"是，局长！"女秘书莫尼彭尼努力使自己从刚才的震惊中恢复过来。她回到自己的座位上，马上通知医务室派医生来急救病人。说话时，她尽可能地使自己的声音听上去平静一些，就像平时一样："喂，是医务室吗？是这样的，我们这里有位同事病了，请你们立刻派一位医生过来。"

"莫尼彭尼小姐，您能说一说病人的具体情况吗？"

"他……他好像是休克了！"

"好的，我们立刻派医生过去，立刻到！"说完，对方挂断了电话。

莫尼彭尼打电话的时候，局长走进了参谋长的办公室，之后他随手将门关上。

局长进来的时候，安全室主任正单腿蹲在地上，为邦德摸脉。此时的邦德，领带也松了，衬衫的纽扣也解开了几颗。他那张苍白而又消瘦的脸上、头上以及胸前到处都沁出黄豆般大小的虚汗，他呼吸如喘，好像刚刚跑完马拉松的运动员一样，但是他的眼睛还是紧紧地闭着，不省人事。

局长看到这种情况，转身掉头走到窗前，他仰头，望着窗外天上的白云，好像是在思考着什么问题。

参谋长本来想向局长请示一些事情，见到这种情形，也只好作罢。他不知道自己应该怎么办才好，所以只能默默地站在局长身后。终于，局长在静立了片刻之后转过身来，他看着参谋长说道："是怎么了，参谋长。你是知道的，我的前任，就是上任局长，正是在我刚才所在的位置上遇害的，而那个杀害他的人也是我们自己的工作人员，和邦德不同的是，那个人用的是一颗实弹，而不是什么有毒的液体。真是防不胜防啊！"

"局长,您的意思是……"参谋长的话还没说完,又被局长打断了。

"这次我真要感谢技术室设计出的这套玻璃玩意儿。以前,我还一直把这套装置当作没有用的废物,我真是讨厌死了自己的头上有这么一个笨重的、好像随时都可能会掉下来的东西,这让我觉得怪别扭的。真没想到今天这种情况就派上了用场,真是不错。可是话又说回来了,这还应该感谢你,要不是你如此关心我的安全,每天都对这东西进行检查,假如刚才哪怕发生一秒钟的故障,我现在可能就已经一命呜呼了。我今天能够逃过一难,真是多亏了你啊,要好好感谢你啊。"

"局长,您太客气了。您所说的这些,是每一个部下应该做的,您真的不用感谢我,这完全是我分内的工作。但是,局长……"这次还是没等参谋长说完,局长就又打断了他的话,局长说:"是的,参谋长,我之前应该听取你的意见,对邦德不应该那么大意。事实证明,你的建议非常正确。我想,现在不能再犹豫了,请立刻通知马乐爵士,请他早点儿把007送到'公园'里去,让邦德尽快接受这位精神脑科博士的治疗。为了掩人耳目,送他的时候,就用那种普通的救护车,但是,千万记住,沿途要部署好秘密岗哨,要在暗中对邦德加以保护。我午餐后给马乐爵士打电话解释原因。你看这样行不行?"

"太好了,局长,这正是我刚才想要向局长汇报的,我现在立刻去办这件事。"参谋长说。

"等等,参谋长,您一会儿可以先向马乐爵士简单地说明一下邦德的情况，你就跟他说邦德被俄国的克格勃洗脑了。本来他是一个很坚强、很健康的人，可是现在却不似从前了。现在的邦德已经忘记了过去情报局的一切，随时可能出现一些疯狂的、令人难以理解的举动。这样就可以了，等午餐以后，我再向他详细说明情况。"

"是，局长。关于邦德的事情，您还有别的指示吗？"参谋长向局长请示着。

"你把邦德送到'公园'后，派几个人到皇后大酒店，把邦德在那里的所有东西都取回来，把他在那里的花销全部代为付清，然后再给他家中的那个女佣送点儿生活费。"

"是，我马上去办，可是，如果公开用普通救护车送邦德去'公园'，记者要是知道就糟了，到那时我们又怎么向公众说明这一切呢？"参谋长担心地问。

"记者方面，我想我们应该统一口径，如果真要是被记者发现的话，我们可以这么说，情报局很高兴地，不，应该说情报局很愉快地宣布：我们优秀的情报员詹姆斯·邦德先生在去年十一月被派到日本执行任务，但是很不幸，他失踪了，我们大家都以为他已经以身殉职。但是事实是，邦德不但没有牺牲，而且现在他已经搜集到非常丰富的具有巨大价值的情报，从俄国返回来了。在他这次艰难的任务完成过程中，邦德的健康受到非常大的影响。情报局现在请医学专家们对他进行精心治疗，我们相信邦德很快就会康复，近期即可出院，他将以全新的面貌出现在我们面前。"

"我敢说，这条消息发布以后，全国人民都会为此欣喜若狂的！"参谋长激动地说。

"可是那些俄国佬，比如那个波尼思'同志'，还有他的'同志们'，看到这条新闻，尤其是'搜集到非常丰富的具有巨大价值的情报'这几个字的时候，我想他们一定会焦急万分，而且还会后悔得要命！哈哈……"

局长在一阵得意的大笑后又说："还有，参谋长，您还要在新闻稿结尾附加一份通知，要提醒那些新闻记者，为了我们国家的安全也为了他们个人的安全，请他们不要在上述的消息以外，胡乱加上任何他们自己推测的文字。还有请他们不要去采访邦德，更不能发表什么访问记录之类的文章。这是非常重要的。"局长指示着。

"是的，局长，您的考虑很周全。但是，您对邦德这种近乎叛变的行为，不准备用法律制裁他吗？"

参谋长边用速记写下局长刚才的那些指示边问局长。

"当然不能这样做，绝对不能！"局长非常坚定地说。

"局长，我不明白，这是为什么？邦德的这种行为，已经构成叛变的罪行了，局长！"安全室主任从地上站起来，着急地说。

"当然不能，你们想想看，邦德已经精神错乱，他现在根本没有办法对自己的这些越轨行为负任何责任。"

"可是……"安全室主任刚要发表自己的意见，局长就打断了他的话。

"既然他可以被克格勃洗脑，那么为什么我们不可以对他来个'反洗脑'呢？让那些俄国佬们的计划泡汤，我完全相信马乐爵士可以胜任这项艰巨的任务。我认为，在这段时间里，我们可以让邦德保留他原来的职位，但是薪水减半。但他失踪这一年多时间的薪水，我们应该如数补发给他。"

"局长，您真英明，您对部下如此无微不至的关怀真是让我万分感动！但是，我也认为这是您一次非常大胆的尝试，希望这对我们今后的安全工作有所帮助，而不至于会造成什么影响。"安全室主任用无比敬佩的眼光望着局长说道。

"这个尝试的确很有勇气，局长！"参谋长扭头看看安全室主任，向局长说。

"我知道你们在想什么，别担心，我有十足的把握。克格勃既然有胆量把我们的工作人员洗脑后送还给我，我就有胆量把他当作王牌再次用来对付克格勃，这就叫以牙还牙，我要用这次机会给俄国人一点儿厉害看看，不然他们就会更加猖狂。邦德过去是一名优秀的情报工作人员，而他将来也一定会是一个最好的、最胜任的情报工作人员。所以，我现在应该而且必须以最大限度来宽容他，这全都是为了实现我的这个目标。而这也正是我不以法律制裁邦德的最主要的原因。"

"局长，我相信，他一定能达到您所期望的。"安全室主任说。

"那么参谋长，请您下午上班后，立刻通知档案室把'史科拉'案卷宗调出来放在我的办公桌上。假如我们真的可以让邦德恢复他原来的状态，这个案子就可以当作邦德的枪靶子，你们难道不认为这很合适吗？"局长说。

"局长，我反对这样做，这简直就是让邦德去送死。史科拉那个家伙,就是两个邦德,也未必是他的对手!"参谋长着急抗议道。

"请冷静,我的参谋长大人。请你坐下来仔细想一想,像邦德刚才对我所做的行为,他应该被法院判处什么罪?要我说,至少要二十年监禁吧?比起让邦德在监狱里把牢底坐穿或者让他被判处死刑,我认为还不如让他在自己的工作上有一个争取宽大处理的机会。如果他可以出色完成这项棘手的任务,我可以马上恢复他的一切,我保证,一定不会记恨今天他对我做的这件不愉快的事情。这也是我做人最起码的准则。总之,我已经决定这么做了,已经不可更改了。如果你能仔细考虑一下我的提议,就不会有不同的意见了。"

"咚咚。"响起一阵细微的敲门声,值班医生来了。局长见此情景,向众人道了一声"午安",便转身走出了参谋长的办公室。

参谋长呆呆地望着局长的背影,声音很轻地喃喃自语,这声音小得只有他一个人听得见:"这个人,真狠!"

随后,参谋长将局长的交代仔细地、缜密地思考了一遍,便非常负责地将这些指示一一办理妥当。参谋长有一个习惯,他对任何上级的指示从不追问缘由,更不会去问下达指示的人:"为什么要这样做?"所以,由他来当这个参谋长是再合适不过了。

JAMES BOND
The Man with the Golden Gun

CHAPTER 3
/ 变态狂魔 /

情报局总部的值班医生为邦德量过体温、测过脉搏后，报告参谋长说："参谋长，这位邦德先生是因为太紧张，才会晕过去的。虽然现在他的情况已经平稳了，但是他的心脏仍然非常脆弱。"

"我们下午就要把他送到医院去了。现在，该采取哪些急救措施才能使他的病情稳定下来，你就看着办吧！我刚刚已经通知了医院，让他们尽快派一辆救护车来。"参谋长说。

"他的心跳很微弱，随时可能加重病情，所以现在必须马上注射强心剂。参谋长，请帮一下忙，把他平放在地上！"

"好的！"参谋长汤诺帮助值班室的医生从沙发上架起邦德，他们轻轻地把邦德平放在地上，显然这样的姿势，比他蜷卧在沙发上要舒服多了。医生只把邦德的一只衣袖挽起来，就开始给他注射。

"参谋长，我想我必须去通知所有警卫，让他们在沿途布岗，这样才能更好地保卫这位'要员'住院。要不然，中间出了丁点差错，我这安全室主任的乌纱帽很有可能也保不住了！"

"好的，您去吧，您可千万别忘了派人把局长的办公室清理一下！"说完，参谋长又转向那位值班室的医生说："麻烦您暂时留在这里好吗？邦德先生现在很需要有人照顾，我现在必须到新闻发布办公室去一下。请记住，只要我没有回来，您就不能离开他！拜托了！"

"是，请您放心吧，我会办好这件事的！"医生此时已经给邦德注射完针剂，他看着参谋长，真诚地做承诺。

参谋长走出自己的办公室，看见局长的女秘书莫尼彭尼坐在走廊里发呆，便过去温和地对她说："莫尼彭尼小姐，这是一场虚惊，感谢老天，虽然有些惊险，但总算是过去了。现在我们有很多事情要做。所以，小姐，请你立刻通知档案室，让他们把'史科拉'的档案资料取出来，马上送到局长那里，局长在下午上班前要看到这份资料。"

"什么？'史科拉'？那不是解决不了的悬案吗？局长曾经说过，只有邦德才有能力办这件案子。可是，邦德现在变成了这个样子，他还能清醒过来吗？就算我们尽了最大的努力，让他清醒了，恢复了以前的状态，我看他也没能力对付这个'史科拉'！"

莫尼彭尼一开口就好像是一只百灵鸟，叽叽喳喳说个没完没了。

"小姐，你说得没错。但是，要注意一点，我们不是都得服从局长的命令吗？在这里，只有他说了才算。当务之急的是，你要尽快通知档案室，让他们在下午上班之前把这件案子的全部卷宗送到局长手里！越快越好！"

参谋长说完这些话，不以为然地耸耸肩，转而向电梯间疾步走去。

参谋长故意在各个楼层的各个办公室转了一圈，他看到大家都在平静地工作，就知道大家都对刚才那件事情毫不知情，这下他就放心了，他一转身，向新闻发布办公室走去。

新闻发布办公室被安排在一楼刚进大门的不远处，这个办公室是为应付记者们专门设立的机构。平时，记者们只能到这间新闻发布办公室坐一会儿，他们也知道，为了将保密工作做好，其他办公室对他们来说都是禁区。这间办公室的人，一年到头也很难看到局长或参谋长这种大人物到他们这里来一次。所以当参谋长出现在这间办公室门口的时候，新闻发言人和屋里的一位女打字员都感到很惊讶，他们不知道这位大人物为什么会到这里来，还是如此突然地光临此地。

参谋长对着屋里的人把局长刚才对他的指示说了一遍，他请发言人严格执行局长的命令，不得有误。

这位发言人激动地说："这个新闻对他们报社来说算是最抢手的消息了。不过很可惜，他们不能去采访邦德，不然他们一定会把医院的大门给挤爆，而且还会在报纸上大做文章呢！"

参谋长烦躁地说："得啦，像这样热门新闻，以后有很多，我只是希望他们这次千万别给我添乱子！"

"他们不会的。这些年来，我们和这些报社配合得相当好，合作得也很愉快。今天这件事，您就放心地把他全权交给我处理吧，我一定会把这件事处理得非常完美，请您相信我。"

"好吧，你马上就把这条新闻发出去，我希望明天就可以在报上见到这个消息。再会！"

参谋长说完站起来，准备离开这间办公室。

"参谋长，以后您如果还有什么事，用电话通知我就可以了，我立刻就会去您的办公室听候您的指示。"发言人毕恭毕敬地说。

"今天这件事属于特殊情况，我要亲自告诉你我才放心，所以就跑了一趟。再会！"

局长用过午餐，乘他的专车返回情报局总部。在途中，他一直在缜密地思考着，他认为敌人这么做的确是够狠毒的。现在想来，他觉得自己对邦德这件事的处理非常正确。他认为，只要邦德能够恢复到以前的样子，能够恢复到以前的状态，克格勃的计划就失败了，而他的计划就能大功告成，他觉得这一切将会很完美。克格勃在这件事情上的做法的确非常歹毒，可是，他们万万没有想到，就算邦德此次杀掉了他这个情报局局长，邦德自己也难逃一死。而这一切将不会对英国的形势有丝毫影响。杀死一个情报局局长，并不能摧毁整个大英帝国。他们这样简直就是机关算尽，这样的举动未免也太不明智了！我决不会像俄国人这么蠢，我要让他们用来暗杀我的枪手，去暗杀他们自己的神枪手，这是相当正确、相当奇妙的一步棋！而且毫无疑问，那位神经学专家马乐爵士，一定能帮助我完成这个计划，他一定能胜任这项工作。更奇怪的是，邦德在英国生活了几十年，他从小受民主与自由的熏陶，而且作为一名情报工作人员，他受过多年的教育训练，还有多年的情报工作经历，怎么会抵不住敌人在这么短的时间内的"洗脑"？难道他真的心甘情愿地为敌人卖命？这简直是不可思议，这也是绝对不可能发生的事情。我一定要在最短的时间里，将他脑中的毒素彻底清洗干净。我就不相信，英国的科学家会逊色于这帮俄国佬，马乐爵士一定能够非常完美地完成这件意义深远的工作！

如果邦德能够恢复，他的脑子能够清醒过来，就会对他自己今天的举动和这一段如噩梦一般的经历感到后悔不已，以后他就会更加努力地工作，以此来戴罪立功。而我一定会原谅他的，我还会重新把他安排在以前的小组中工作。这就好像暴风雨能够将天空洗刷得湛蓝透亮，一尘不染，而邦德奋发努力地工作也能将他的过错洗刷得不留任何痕迹。作为他的上级，应该对他报以宽容的态度，宰相肚里能撑船嘛。如果邦德不是被克格勃洗了脑，他如果神志清醒，我相信就是逼死他，他也不会把枪口对准我。

毫无疑问，邦德就像一尊大炮，如果能把他准确地瞄准敌人，他就会成为一座杀伤力非常强的重火器。但是现在非常遗憾，他竟然被敌人利用了，竟然对着自己人开炮。敌人为了达到自己的目的，不惜残忍地将邦德这个活生生的人当作杀人工具使用。我是绝对不允许他们这样做的。人就是人，人是有意志、有人格、有主权的，我决不允许这帮毫无人性的俄国佬这么践踏人性！

今天邦德居然说我只是把他当作工具在使用，这完全是他自己的误解。我们是在为国家安全做贡献，我们哪一个人又不是工具呢？当然，这个工具和今天邦德所说的工具是截然不同的。敌人是把人当作一个没有个人意志和思想的工具，这个工具必须完全听从他们头子的指挥；而我们是要把国家利益和安全放在首位，我们要以国家荣誉和自己的责任为己任，我们是心甘情愿地履行自己的使命，而这又和敌人那套谬论有着天壤之别，这根本不能相提并论。

假如说邦德不是一个神枪手，他就不会被安排到他现在所在的这个组里工作，而要对付史科拉的那个人，前提条件必须是个神枪手。所以，消灭史科拉的任务只能由邦德担当。等他清醒后，他就会明白，我不但不追究他今天上午对我所做的行为，相反还给他一个将功赎罪的机会，他必然会对我感恩戴德。话说回来，他这次如果成功了，那么他过去的地位和荣誉也自然而然就恢复了。如果这次他不幸失败，真的牺牲了，国家也会给他非常高的荣誉。当然不论成功或是失败，对邦德来说，这都是他的本职工作。所以我今天的决定，不管从哪一方面来说，都是解决这个难缠的局面的最好方法！

局长坐在车里完全沉浸在自己的计划中，他在心里仔细地盘算着自己的计划，不知不觉，局长的车已经停在情报局总部的院中。他下车向总部大厦走去，然后乘坐电梯直升八楼，局长顺着那条长廊向他自己的办公室走去。他隐隐闻到走廊中弥漫着一股消毒剂的药味，越靠近办公室，味道就越强烈，局长闻到这股味道，不由自主地皱紧了眉头，摇了摇头，轻轻地叹了一口气。

如果是在平时，这位情报局长应该是通过走廊直接走到他自己的办公室门口，然后用钥匙开启房门。但是今天，他却一反常态地向女秘书莫尼彭尼的办公室走去，局长穿过了她的房间，才走进自己的办公室。进入女秘书的办公室的时候，他看见莫尼彭尼像往常一样，她安静地坐在椅子里，此刻正用打字机在打材料。

莫尼彭尼听到有脚步声，她习惯性地抬起头，正好看见局长走了过来，她便连忙站起身来，向局长微笑着点头，说着："局长，午安！"

"你闻没闻到有一股怪味？这是什么味？"

"我想应该是消毒剂的味道吧，局长。是安全室主任和化学部队的人一起到这里打扫的。他们来的时候穿得像太空人一样，而且还都戴着防毒面具，简直就好像是如临大敌，他们进到您的办公室，对那里进行了非常严格的消毒。安全室主任说，现在您的办公室已经安全了，您已经可以进去工作了。但是，主任说窗子还是要再打开一会儿，因为单靠空气调节器是不能驱散这种气味的。还有，您房中的暖气，我已经关掉了，因为我觉得房间里能通进一些新鲜空气会更好。"

女秘书莫尼彭尼微笑着说了一大套。

"我觉得这样处理很好，谢谢你！"局长冲莫尼彭尼淡淡一笑，点点头说。

"局长，参谋长是三分钟前才去餐厅吃的午饭。他把您吩咐的事情都处理好后才走的。"

"好的，我知道了！"

"还有局长，'公园'那边已经来过电话了，他们说马乐爵士正在为邦德做详细的检查和治疗，结果要到下午四点的时候才能出来。如果您要和马乐爵士联系，他们请您在四点以后进行。"

"好的，谢谢你。那么，还有别的事吗？"

"噢，局长，这份是有关金枪人'史科拉'的全部材料，是档案室派人刚刚送来的，请您签收吧！"

"好的，现在麻烦你帮我把这些资料放到我办公室里，我现在就在调卷单上签字。"说着，局长把自己的钢笔从上衣口袋中掏了出来。

"调卷单在这里，局长。"局长按照莫尼彭尼的指点，在调卷单上签上了自己的名字，然后他转过身，径直向自己的办公室走去。而女秘书莫尼彭尼则跟在他身后,为他抱着一大摞资料。"史科拉"资料的封套右上角标着一颗红色五星,在情报局就意味着这份资料是"机密"文件。资料的套夹是褐色的,非常厚,足有三大卷。莫尼彭尼进入局长办公室后,把这些资料堆在大写字台上。"你知道参谋长他们是怎么把邦德送走的吗?"局长十分关心地问道,"送走时,邦德醒了吗?"

"我想,邦德当时应该是醒了。值班室的医生在参谋长的办公室里为他注射了一针强心剂,那时,他的情况已经有所好转,不再像刚晕倒时喘得那么厉害了。半小时后,救护车才开到。参谋长派的几个人把用担架把邦德抬走的,抬走的时候,邦德的脸上蒙着一块白色的床单,看上去就像是在担架上躺着一个死人,样子很吓人!"

"让他们从八楼把邦德那个家伙抬下去,也够累的!"局长说。

"他们不是一层层抬下去的,他们先抬着邦德绕到西楼,然后在那边乘坐运货电梯送下去的。我是站在走廊的窗子前亲眼看见他们从西楼里出来,然后把邦德送到救护车里。"

"你等一会儿给'公园'打个电话,问问他们邦德醒过来了没有,再问问他们邦德的情况是否有所好转?现在我这里没什么事了,你可以回你的办公室里工作了。"

"是,局长!"

女秘书莫尼彭尼姿态优雅地走出了局长的大办公室。她走后,局长在自己的大转椅上坐下来,慢慢地在烟斗里加满烟丝,点起来,他深深地吸了一口烟。然后,他盯住桌上"史科拉"的资料,放下烟斗，打开"史科拉"的卷宗，他一边看着资料的目录，一边在心中盘算，是不是还应该把有关"史科拉"的所有材料都一起调出来查看呢？

这时，一阵寒风袭来，局长感到有一点点冷。于是，他站起来，关上了那扇被莫尼彭尼打开的窗户，然后再打开空气调节器，他又顺手开了暖气。当他再度坐回椅子上的时候，顿时觉得屋内暖和了许多，他舒服地坐在椅子上，开始认真阅读起"史科拉"的案卷：金枪人史科拉是英国情报局的重要敌人，他直接受苏俄政治保卫局控制，任何组织都没有权力干涉他的任何行动。他在幕后秘密操纵着古巴的D.S.S，而且他的地位致使他在俄国克格勃中也有一定的特权。这个特权就是，他在西印度群岛及中美洲的几个黑社会组织，可以不受克格勃的限制而自由行动。

根据详细资料统计，通常情况下史科拉都是以枪弹杀死自己的目标，在现在这个到处都充斥着现代科技的社会，他却很少用科学手段杀死他的敌人。近年来，死在史科拉枪口下的人数正在呈直线上升的趋势。据资料显示，被他杀害的受害者几乎都是英国国防部秘密情报局的工作人员；剩下的人不是美国中央情报局与联邦调查局的工作人员，就是其他西方国家的情报工作人员。史科拉从一九五九年开始了他的暗杀生涯，并且一发不可收拾，而且作案的方式方法非常疯狂。只要他一出现，他的周围就满是恐慌和丝网。而且，无论他所到之处的戒备是多么森严，他都能畅通无阻，在完成他的任务以后，也总能安全返回。可以说，史科拉是来无影去无踪的。所以，在各国民间，史科拉已经被当作了一个神话式的人物。尤其是在俄国流传着很多史科拉神出鬼没的恐怖故事。人们都叫他为"金枪人"。史科拉之所以会得一个这样的绰号，还是因为他使用的枪。这把枪就是他杀人用的武器，这是一把金光闪闪的手枪，一位被史科拉枪击后却又奇迹般苏醒过来的古巴警务处处长是最先看到这把金枪的人，也是他最先把关于金枪的故事传出来的。据他描述，当时，他正在办公室里用电话向部下传达捕捉史科拉的计划。就在此时，他所要捕捉的对象史科拉就出现在他的面前。这位古巴警务处处长是这样描述当时的情况的：门没有开，窗户也没有被砸碎，而且处长的办公室是在六层，更何况办公室外警卫森严，可谓是三步一岗，五步一哨，真是被守卫得密不透风。可是这个神秘杀手史科拉，竟然会悄无声息地站在这位古巴政府的警察首长面前疯狂地大笑。

警务处长放下电话，一看站在面前这个放声狂笑的人，竟然就是照片上那位被描述得神乎其神的神枪手，而且他的手里还提着一把金光闪闪的手枪，最可怕的是，这个神枪手的嘴里还发出一阵恐怖的大笑，警务处长当场就被吓晕了过去。事后，他躺在医院的病床上讲述了他的遇难经过，并且绘声绘色地描述了那支金色手枪。可是，就在这之后不久，这位警务处长还是被史科拉杀死在医院的特等病房里了，之后人们发现，警务处长的病床上流满了鲜血。这件事也轰动了整个警察医院。

后来，综合各国情报单位所获得的资料进行分析，古巴的那位警务处长并没有因为被吓破了胆而看花眼，这位神秘杀手史科拉所用的手枪被确定就是一支金色的手枪。据资料显示，史科拉使用的这支金色手枪，点四五口径自动式，是柯尔特厂在一九四九年生产的优质手枪。这种枪的枪柄很长，枪管也十分长，品质优良，是不可多得的好枪。据调查，柯尔特厂在一九四九年仅仅制造两千支这种手枪，而且全部配有消音器，是专门为情报部门制造的。而神秘杀手史科拉使用的那支金枪，就是这两千支当中的一支。至今为止，没有人知道他是怎么弄到这种制造精良的武器。据说，这种枪每次可以装二十五发子弹，并且还配有远距离望远瞄准仪。由于这种枪的枪管长，口径大，所以它的有效射程可以最远达到三百米，这种远距离的射程再加上史科拉出神入化的好枪法，就使得它的杀伤力越发强大。

美国联邦调查局说，史科拉是在1953年得到的这支枪，他对这支枪可以说是爱护备至，所以他把枪全部镀上了金色。而且他所使用的子弹都是专为他生产的，这些子弹，弹心全部是24K纯金的，子弹的外面包裹着银衣，在弹头刻着交叉格纹，而且也镀上了金色。这种子弹和达姆弹的原理是一样的，那就是，一旦被射入人体后与血液相遇就会发生爆炸，所以，它的杀伤力极强，几乎没有人被射中后还能存活。在第二次世界大战期间，只有日本生产了这种弹头，它被广泛应用在日制三八式步枪上，并且这种子弹被广泛地应用在中国战场上，被日本军队用来大量屠杀中国人民。太平洋战争爆发后，中美两国的军人死于这种达姆弹头者不计其数。在后来的日内瓦国际会议上，联合国曾命令禁止任何国家制造或使用这种子弹。但是谁都没有想到，这个神秘杀手史科拉竟然会丧心病狂到使用这种弹头来残忍地杀害他的目标。

所以必须马上加以制止。

根据加拿大情报部门所掌握的资料，史科拉有一个秘密的小型工厂，这个工厂专门为他制造这种达姆弹头。据悉，这个小型工厂被设在古巴的一座深山中，其警戒相当森严，这里出产的达姆弹头都是手工制作，子弹的外面都镀有一层金色，而且每天可以出产五十发子弹。现在，史科拉正准备扩建他的工厂，还要扩大每天的生产数量，如果不能马上对这个工厂加以破坏或彻底摧毁，那么死在史科拉枪下的冤魂将会越来越多。

据统计，目前为止，英国秘密情报局有很多工作人员被史科拉杀害，这其中包括：在英属圭亚那的267号、千里达的398号、牙买加的943号、古巴的768号和742号，而被他伤害致残的情报人员有098号，他原先是担任区视察员的，被史科拉伤害后，变成了终身残废，现在已经退休在家。而被派在加拿大的216号被史科拉伤害后，只能做截肢手术，现在已经退休在家，而且生活得十分贫寒（以上资料请参阅中央记录处有关史科拉在巴拿马、海地等处所犯案件的案卷）。局长读到这里，又重新拿起刚才放下的烟斗，用打火机点燃，他紧皱眉头，深深地吸了一口烟，然后眼睛注视前方，若有所思的样子。忽然，他好像想起什么似的，伸手按了一下电铃。莫尼彭尼立刻由门外走进办公室，她向局长微笑着点头说："局长，请问有什么吩咐吗？"

"马上打电话到人事处，问问他们216号情报员负伤退休后的抚恤金是不是已经如数发给他了，还有他的养老金、每月生活津贴是不是按时如数支付，还有，现在请人事处立刻派人去他家中代表我本人向他表示慰问。如果发现他的生活仍然十分贫困，可以发给他每月一百英镑的特殊补助。告诉人事处，这件事今天必须得办好，办好后，请人事处长亲自来向我汇报。"

"是，局长。请问您还有其他吩咐吗？"

"参谋长回来了吗？如果回来了，请他马上来见我。"

"好的，局长。参谋长应该快回来了。我马上和人事处联系。"她一面回答局长的问题，一面为局长换上一杯热咖啡。

"谢谢。还有，你给人事处打电话的时候，一定让他们转告216号，最近这几天，我也许要见他。到时候，我会派车去接他的。"

"好的，请放心，我会把这件事处理好的！"莫尼彭尼快速地把局长的这些指示写在笔记本上。

局长向她点点头，表示没有什么事了。莫尼彭尼也向局长点头表示告退。

局长靠在大转椅的椅背上，端起热腾腾的咖啡，轻轻地抿了一口，然后他放下咖啡又吸一下烟斗，之后继续看卷宗：面貌和特征——史科拉的相貌非常普通，没有什么明显的特征，而且据情报资料现实，史科拉非常善于化装，特别是特工化装，所以常会给人以神出鬼没的感觉。史科拉每次作案都会以不一样的面目出现，有时候是老翁，有时候是老妇，有时候是工人，有时候是达官贵人。最开始，都以为是情报不准确，后来才知道，原来是史科拉化装了，所以捕捉史科拉的任务还是非常艰难的。

史科拉1925年出生，现在已经三十五岁了。他身高六英尺三英寸，体态偏瘦，但身体看起来却很健壮。眼球是淡褐色的，头发呈棕红色，留短发，夏天的时候是平头。两腮都有短短的胡须，嘴部也留着短须。如果是任务需要，史科拉可以毫不迟疑地将胡子剃去。他的面部瘦削，神态极其阴森恐怖，两只耳朵紧贴头边，天生就是一副奸诈险恶的模样，但是平时他是不轻易向人展示他的真面目的，反而有时候看上去倒显得温文尔雅。他的双手粗大有力，手指甲修剪得非常干净。可是，他的身上有一个显著特征，是无论怎么化装也不能消除的，那就是在他的左乳下端约两英寸处有一个小隆起物，看上去就好像是第三只乳头。

由于史科拉脸上有腮胡，胸前还有第三只乳房，所以他生性非常好色。史科拉在每次作案前后，都必须得到一次性的满足。据他说，这样可以提高他瞄准的精确度。

出身及经历——史科拉出生于喀答伦家族，是喀答伦马戏团老板的儿子。在童年时期，史科拉每天都混迹于江湖艺人和动物群中，他跟随着马戏团到过许多国家，所以也见过一些世面。他的早年教育完全是靠自己学习。在他十六岁的时候，喀答伦马戏团到了美国。不久之后，马戏团就倒闭，从此，史科拉就开始流落在美国的大街小巷，变成了一个地道的流浪汉，他从那以后就终日和美国的黑社会混在一起，专门干一些偷鸡摸狗的事情。十八岁的时候，他在赌城拉斯维加斯的皇家赌场里找到了一份保镖的工作。后来，他又成了"电光帮"训练有素的职业杀手。由于他的忠诚和良好的个人素质，二十岁时，已经成为"电光帮"的骨干，他那时的任务就是负责处决帮中的叛徒或帮会的敌人，而且渐渐地在美国黑帮中小有名气。后来，在一场威震全赌城的决斗后，他被迫离开了拉斯维加斯。当时在那场大决斗中，史科拉决斗的对手是一个来自底特律城"紫手帮"叫洛克的家伙，他的绰号是"枪靶"。决斗地点就在拉斯维加斯的"雷鸟高尔夫球场"的第三区，当时，他们两个人之间仅有二十步的距离。双方同时开枪，而史科拉以迅雷不及掩耳之势连发两枪，其中一颗子弹把洛克射来的子弹击得粉碎，也几乎就在同时，第二颗子弹已经射进了洛克的心脏。在局外人看来这可是一场精彩的枪法表演！据说，因为这场决斗的胜利，使"电光帮"在美国黑帮中鹤立鸡群，"电光帮"的首领为此感到十分光荣，所以他特地送给史科拉十万美金，以此来表示对他的奖赏。之后，史科拉就带着这笔钱逃离了美国，等决斗的风波平息后，他又重新回到美国。他是一个很有心计的人，把这笔钱作为投资，做了不少生意，由于他善于经营，所以赚了不少钱，之后他再拿赚的钱去其他地方投资。其实他可以从那以后安心做生意，成为一个安分守己的商人，但是他的野心却驱使他充当了一名职业杀手，为此他大赚黑心钱。

特别护照——史科拉持有的外交护照，使得他可在国外享受外交官员的一切特殊待遇。此外，他还有多米尼加共和国和其他几个不同身份、不同名字的假护照，这些伪造的护照，都可以使他在国外畅通无阻地进行任何阴谋活动。

后来，他通过苏联驻古巴的大使馆介绍，参加了克格勃，从此摇身一变，成为一名国际间谍，同时，他自然而然地得到了苏联外交官的护照。如此一来，史科拉就真是如虎添翼，从此变得更加猖狂了。

化装与伪装——自从他在美国杀死"紫手帮"的洛克以后，他就被警察局定为了头号通缉犯。从那时起，只要他再次准备作案，就必须要躲避警察，这样唯一的办法就是进行化装。其实在这之前，他在国外为别人充当杀手的时候，也常常把自己化装。但是除了在古巴，因为在那里他享有特权，是受到政府特别保护的。许多政府官员因为怕他，都自觉地为他作案打开方便之门。也因为这样，史科拉就更加得肆无忌惮，他疯狂地在世界各地干着杀人越货的勾当。只要他一出现，就会有一些国家的情报人员惨遭不幸。

活动经费来源——史科拉的活动经费可以说是非常充裕，真可谓要多少有多少。更何况，他现在使用信用卡，这样就为他在世界各地住宾馆、吃饭、从银行取款提供了方便，因为有了信用卡，这些付费过程只需一个签字就可以解决。他在很多国家的银行都有账户，这样方便他随时随地取款，一旦遇到什么特殊情况，那么，古巴和苏联的国家银行就可以做他坚强的经济后盾。而这种特殊待遇，对于别的国家的情报人员来说，是非常难以想象的。

看到这里，局长放下案卷，揉了揉突突跳的太阳穴，又喝了口咖啡，他轻轻地叹了一口气，自言自语道："这个家伙真是不好对付啊！"

女秘书莫尼彭尼此时恰好推门进来，她向局长点点头说："局长，我已经给人事处打过电话了。他们调出了资料，上面显示，所有应发给216号的钱，包括每月应发的津贴，都已发清。这些钱的发出情况都是有收据可查的。人事处长今天就要亲自去他家慰问，晚上回来后，再向您详细报告216号的情况。"

"好的，参谋长回来了吗？"

"参谋长刚刚来电话说他在处理另外一件事情，可能要迟一点才能回来。"

"好吧，那么现在请你去把副参谋长请来。"

"是！"莫尼彭尼应声而去。

三分钟后，副参谋长就已经站在了局长的办公室里。他一进门，局长就一脸笑意地迎上去说："副参谋长，你来得正好，请坐吧。我刚刚读了史科拉的资料和案卷，我发现里面很多签注的意见是你写的，我认为你分析得很好。现在，我想和你研究一下关于这个史科拉的心理状况，我相信你会提出很多有价值的意见。"

"报告局长，史科拉是一个非常特殊的人物。在我们对他所犯下的罪行进行调查的时候，我就对他的印象相当深刻。关于他的所有事情我都记得非常详细，再说现在还有案卷让我们参考，我想我可以向局长详细地介绍。"副参谋长恭敬地说。

"请抽支烟吧，我自己抽烟斗。"局长从香烟罐中取出一支香烟，递给副参谋长，然后说："副参谋长，你认为史科拉是个什么样的人？"

"根据资料来看，他并不能算是一个搞情报的特工人员，只能说是一个为私欲而工作的职业杀手，而且毫无人性。由于他的枪法准，在杀死洛克以后，他在黑帮里算是名声大震了。在他加入克格勃之前，他所杀的人，大多是黑社会内部的叛徒和他们的敌对派。可是，加入克格勃之后，他所谋杀的对象，几乎都是民主国家的情报人员。这些人与他从来没有过任何交集,可是却被他残忍地杀害了。从这点上就足以说明,他的杀人行为完全是和金钱连在一起的。只要能够满足他在金钱上的欲望,他在任何情况下都可以完成任务,现在的他已经杀人成瘾了,成为一个杀人魔头。"

"没错,这都是为了钱。但是我认为,除了钱以外我看他多少还有点儿心理变态。我想,只要这个人稍微正常一点,都不会把杀人当家常便饭的。"局长若有所思地说,随后又抽了一口烟斗。

"您说得不错,他确实有些心理变态。我认为对他影响最深的,应该是他少年时的那一段非比寻常的经历。据情报显示,史科拉在马戏团时,他的父亲为了使他能有一技之长,好在将来能够继承他的事业,就逼迫史科拉学习一些马戏技术,比如压板飞人、空中飞人、神枪飞靶和耍大象跳舞等节目。从那时起,他那天生精湛的射击技术就显露了出来,他这项傲人的技术也为马戏团赢得了很高的赞誉。"副参谋长顿了一顿,吸了一口香烟,接着说:"十六岁的时候,史科拉跟随着马戏团到了一个城市演出。那次演出,他根据需要扮成一个印度王子,穿着华丽的印度服装,头上也像印度人一样包着印度绸的头巾,他出场的时候是骑在一只大象上的,在他骑着的这只大象后面还尾随着另外两只大象。可是,就在他刚刚出场时却发生了意外!"

说到这里,副参谋长站起身,为自己倒了一杯热咖啡,顺便也给局长倒了一杯。

"发生了什么意外事故?"局长端起咖啡,紧接着问。

"按照自然规律，大象每年都要交配一次。恰巧在那三只大象中，有一只叫穆司的公象。公象只要到了交配期，就会在它耳后流出黏液的东西，这种东西一旦遇到空气，就会凝固成一团非常硬的块状物，如果不把这个硬块及时清理掉，公象就会呈现癫狂状态，到时候就没有人可以驾驭它了。管理员当时可能太粗心了，公象穆司耳后的硬块没有被及时清除掉。史科拉刚骑着它出场的时候一不小心就碰撞到大象的耳朵，而大象耳朵后面的硬块强烈地刺激了它的神经，这只公象立刻兽性大发，顿时将史科拉甩出一丈多远，紧接着它是又狂叫又在场内乱跑，最可怕的是，这只公象还从观众身上踏了过去，在踏死踏伤许多人后，它向场外奔去。"

副参谋长说到这里，端起咖啡杯又喝了一口咖啡。

"啊？这简直太可怕了。那后来又怎么样了？"

"那头大象奔出马戏团表演的场地，它沿着铁路疯狂地奔跑着。按照当时的报纸报道，那天晚上正好是一个月圆之夜，所以在那天晚上发生那种景象在人们看来是非常可怕的。当地保安队接到群众的报警，就开着卡车沿着铁路去拦截大象。值得庆幸的是，当时还好没有火车经过，不然后果简直不堪设想。最终，卡车终于追上了那头发狂的大象，不过，此时这只大象的野性已经完全发泄完毕，当时它已经平静下来了。它站在原地静默了几秒，然后转过身，非常温和而平静地沿铁路向马戏团走回去。

如果这个时候警察们稍微了解一点儿大象的性情，他们就应该立刻叫马戏团的管理员来安抚这只刚刚还很狂躁的大象，而这只大象也会老实地跟着马戏团的管理员回去。但是很遗憾，这些警察都不懂。他们还以为大象是为了攻击他们才转过身的，同时他们也怕这只大象如果跑回马戏团，会造成更大、更惨烈的伤亡，于是保安队长一声令下，保安和警察们同时举起枪来，一刹那，一排排子弹同时射向大象穆司，他们把穆司打得遍体鳞伤，就好像一个筛子。这只可怜的大象在遭到如此痛击后又变得狂暴万分。警察们为了万无一失还在继续不断地射击，而这只可怜的巨兽沿着铁路向马戏团场地狂奔而去。当它沿着铁路跑到马戏团的表演场地附近的时候，好像突然记起那个地方就是自己的家，于是它便战战兢兢地走下铁路，摇摇晃晃地向表演场地中走来。这个时候，场地内仍然有许多观众没有来得及逃散。但是穆司并没有去伤害任何人，只是艰难地走进表演场地的中心，继续表演它以前经常表演的节目。也许是因为失血过多，这时的穆司看上去非常虚弱，但是它仍然尽最大的努力挣扎着，它时而跌倒时而停顿，就这样断断续续地表演着，还不时发出痛苦的叫声，声调相当凄凉悲惨。当时的情景真是催人泪下。"说到这里，副参谋长感到口干舌燥，于是就停下来喝了口咖啡。

"穆司真是够可怜的，那后来怎样了呢？"局长眼中闪着光，话音也变了调。

"这时候，史科拉看到了大象，他一边喊着大象的名字，一边将绳索向大象投去，他希望能够像平时那样，把它领回笼中，然后让它接受最好的治疗。而此时，生命垂危的穆司似乎还认识它的这位小主人，很通人性地把头低下来，它可能以为小主人要像平时表演时那样，踏着它的鼻子爬到它的背上去。就在这个时候，警察赶到了，那位曾在铁路边下令开枪的保安队长，径直冲到穆司面前，在距离它两三英尺远的地方，这位队长举起了手中的枪，"乓乓"连续两枪，他把子弹全部射进了穆司的左右两个眼睛里。

穆司顿时惨叫一声，然后，就像一座山崩塌了一样，颤巍巍地倒在了血泊中，死去了。"

"这个保安队长简直愚蠢至极。他如果是我的部下，我一定要撤掉他！"局长生气地说。

"局长，这倒不劳您来撤掉他了。"副参谋长望望局长，又点了一支香烟说："据当时的报纸刊载，十六岁的史科拉在目睹这一切后，当时非常气愤，他毫不犹豫地从口袋里拔出他表演用的手枪，向那个杀死穆司的保安队长连开三枪。子弹从那个保安队长的双眼和胸窝中穿过，他当场就气绝身亡了。其他保安和警察看到这种情况，立刻扑过来抓他。可是当时还是个孩子的史科拉极为精明，他迅速钻进那些在慌乱中四散而逃的人群里，利用他们做掩护从而溜之大吉。因为当时人太多，情况又乱，保安和警察们都不敢开枪，他们只能胡乱追赶一阵子，最后只好眼睁睁地看着史科拉跑掉了。"

"那史科拉跑掉以后，他的父亲和马戏团又怎样了？"局长关心地问。

"史科拉父亲的结局非常惨。为了赔偿观众伤亡的损失和医疗费用，他卖掉了野兽和车辆，并解散了马戏团。后来，他一个人住在一个小旅馆里，一直希望儿子能够回来找他，他们父子俩好返回故乡。可是，始终没有关于史科拉的任何消息，而史科拉的父亲、一位体弱多病的老江湖艺人终于在贫困和忧郁中客死他乡。从此，就再也没有人提及他的事情了。"

"像他这样的江湖艺人一般到了晚年，都是很不幸的。我是非常同情他们这些人的！"局长说。

"是的，您说得很对，可是史科拉的这种杀人行为，却不值得同情。我认为，史科拉之所以如此惨无人道地随意剥夺别人的生命，很有可能就是受了这件事的刺激，这种刺激致使他产生了一种与全人类为敌的变态心理，并且伴随着这种变态心理，他的心中还有一种冷酷的复仇欲念，这种复仇心理恰恰被那些反动的政治集团所利用，所以才会发生这一连串的血腥惨案。"副参谋长紧皱着眉头，向说局长说明着自己的见解。

"你分析得很有道理，副参谋长。虽然导致那次意外惨案的原因是多方面的，比如，确实有很多人是因为大象才受伤或者死亡，马戏团的管理员没照料好大象，警察队长的无知导致最后大象被误杀。可是史科拉没有注意这些事实，他出于一时愤怒和对动物的感情，杀死了那位队长，显然已经走入了极端。实际上这还是一种非常变态的心理。这种心理，越受刺激，就会越厉害，而他这个人就会变得越来越疯狂。最好的例子就是他这些年来一直在非常疯狂的、肆无忌惮的杀人。您说是吗？"局长分析得头头是道。

"您分析得很客观，局长。我想再补充几点，我认为史科拉在'性'方面也有一种近似变态的心理。弗洛伊德曾经说过，有一些心理有问题的男性，他们会把诸如棒球杆、抬重物用的杠子等一类的长形物体，当作自己性器官的延伸。我认为史科拉就有这种心理，他把他的手枪当作自己性器官的延伸，而把枪弹射击当作性发泄，并从这上面得到满足。所以，他才会爱枪如命，而且还嗜杀成狂。在心理学上这被称为'恋物狂'。资料显示，史科拉对任何枪支都非常喜爱，尤其对比较长的手枪更加偏爱。所以根据这一点我判断，他的性功能一定有某种问题，他不能满足异性的需求，因此才产生这么可怕的变态心理和非常疯狂的行为。"

"副参谋长，我觉得你的这个看法真是对极了。以前我们在对史科拉进行调查的时候发现，根本无法找出他正式结婚的根据，现在看来，这不是没有原因的！"局长说。

"局长，我还有一个理论根据。《时代杂志》上曾经刊登过一篇学术文章，文中说，只要是不会吹口哨或见了女人就不敢吹口哨的男人，在性心理上就肯定有障碍。这篇文章就用史科拉做的例子，文中说史科拉就不会吹口哨，您说这有多巧！"

"什么？真有这么凑巧的事？"局长微笑着说。

"是的，局长。还有，史科拉的心理变态不只体现在这一点，我认为他还是在以杀人来弥补他强烈的'自卑感'。在他的心理上，有种强烈的反叛意识。通常有这种心理的人都会认为反叛是一种男性权威，所以他在潜意识里就有一种不受约束的野性，他要和所有事情对着干。这里有很具体的例子，您看，他没有国籍，不属于任何一个团体,虽然他为克格勃充当杀手,但是他不受克格勃约束,他的行为完全是天马行空,而且从来没有人见过他与人合作,他向来都是独来独往。这种种行为,都是反叛心理的表现。总之,对这个史科拉必须严加制裁,否则后果不堪设想。我认为,我们首先要物色一个智勇双全、射击技术高超以及各方面都与史科拉旗鼓相当的人物。因为,在必要的时候,我们需要以决斗的方式杀掉他,而这个被派去对付史科拉的人必须有足够的能力以其人之道还治其人之身,能够一举把这个恶魔干掉!"

"说得对,我们俩真是想到一块儿了。现在,我已经有了这样一个人选。我相信他完全有能力铲除掉这个恶魔!"

"真的?是我们自己人吗?"

"当然,他就是007号情报员詹姆斯·邦德!"

"可是以他目前的情况……"

"我相信他能够不辱使命,肯定能成功,你等着瞧吧!"

局长说完,就在史科拉的案卷上写了几个字:"派007号情报员执行此任务!"写完这几个字后,局长还在下面签上了他姓名的缩写"M"。然后他坐在沙发上,等着莫尼彭尼送咖啡时,把这份资料交给她,再让她转给相关部门去处理。在等着女秘书的时候,他静静地想:这是不是意味着给邦德发了一张"死亡证书"呢?

同一时间,面对着局长的决定,副参谋长不由得发出钦佩、赞叹的目光。

JAMES BOND
The Man with the Golden Gun

CHAPTER 4

/ 老友重逢 /

金斯顿是英属牙买加的首都，在这个城市里有一座设备相当简陋的国际机场。

在这座机场里等候飞机，真是和受苦刑没有什么两样。外面气候酷热难耐，而在这种情况下，人们还要在候机室内坐硬板凳等飞机。大概是当局把钱都用在修建跑道上了，根本没有多余的钱再建造舒适的候机室。所以，这个机场设备的简陋程度，真可谓世界之最了。

邦德在一小时前刚刚乘英国西印度航空公司的客机，从牙买加千里到达此地。而照目前这种情况看，他至少要在这个简陋的候机室里再等上两个小时，才能搭上古巴航空公司飞往哈瓦那的班机。此刻，他坐在候机室的硬板凳上，心里烦躁不已。他把外衣脱了，然后解开领带，使自己的身体尽量松散。到中午的时候，候机室里热气逼人，邦德被热得差点儿喘不过气来。他心烦意乱地坐了一会儿，便站起来，然后向机场的小卖部走去，在那里他买了一份当天的日报，准备重新回到候机室，一边看报，一边消磨这令人烦躁的时光。为了能让时间过得更快一些，邦德从新闻版到地方版，又到娱乐版，每一版都看得很仔细，上面的每一条新闻他都不放过。最后，在娱乐版上看到一段教人算命的短文。

邦德实在闲得有些无聊，于是他就照着短文说的方法，开始为自己占卦。最后得到的结果是："恭喜您，先生，您今天肯定会有奇遇发生，从而使您的愿望能够实现。但是您必须要特别注意，当机会来临的时候，您一定要牢牢抓住它，千万不要错过。"邦德看了觉得非常可笑。他想：要是一到哈瓦那就能发现金枪人的踪迹，可就真是一个千载难逢的良机了。但是，他也知道不能想得太乐观。因为这个神秘的史科拉到底是不是藏在哈瓦那，还是个未知的谜团。

邦德这样奔走于北美及中美洲各地寻找金枪人的踪迹，已经有一个半月的时间了。有时候，邦德只差一天的时间就追上史科拉了；有时候，他和史科拉只差四小时，最后却都失之交臂。

现在邦德为了能找到金枪人，竟然不惜追进他的老巢——哈瓦那。这个地方是邦德有可能找到史科拉的最后一个地方。所以，纵然那里戒备森严，龙潭虎穴，邦德也决定冒死去试试运气。

但是邦德对哈瓦那可以说是一无所知，在那里他真算得上是人生地疏，所以他感到这一次任务将会进行得十分艰难。为此，他必须非常谨慎地将自己的真实身份隐藏起来，丝毫不能露出破绽。他目前的身份是英国外文邮件特派员，并且还用的假名，邦德还随身持有英国女皇陛下颁发的谕旨，也就是说一旦邦德在境外发生危险情况，他可以受到英国大使馆的保护。如果他能够顺利地将金枪人史科拉铲除掉，他就可以跑进当地的英国大使馆，那么敌人就不会对他的安全构成威胁了。而大使馆也将会负责把他送到安全的地方。如果……他不再推想下去了。

邦德又继续低着头看报纸。这个时候，连娱乐版他都仔细地看完了，现在只能看广告了。广告中，有一栏卖房子的广告上写着：本公司受牙买加萨方莱姆市情人街3巷2号的白朗夫妇的委托将其名下的土地以及房屋一并出售。拍卖时间：5月27日上午十点三十分；拍卖地点：金斯顿市海湾街77号。

邦德看完这段房屋广告后，心里感到非常烦闷，就对看报也感到无聊了。

在机场候客机室有一个旅客信件留置处，如果旅客临时有信件留给某个人，就可以把它放在那里，然后让收信人自己来取。邦德感到非常无聊，于是走过去，想看看有没有人给他留有信件。他一封一封地查看那些信件。这次他用的化名是麦克，是中南美进出口公司的一名职员。那一堆信件中，不但没有给麦克的信，就连给中南美公司的信都没有。邦德又继续在另一叠信中翻看下去，突然发现有一封非常奇怪的信。趁机场的工作人员不注意，邦德迅速把这封信装进了自己的衣服口袋里。

那封奇怪的信的信封上写着："留给乘英国海外航空公司班机过境的旅客史科拉先生收。"

邦德又装作找信的样子继续翻找了几封信，然后静静地站了一会儿，随即便向男卫生间从容地走去。

进了卫生间，邦德转身将门锁上，然后坐在马桶上，从口袋里拿出了刚才那封奇怪的信。此时他才发现信口并没有封上，信封里放着一张小便条，上面用潦草的字迹写着：十二时十五分金斯顿来信已收悉。明日中午在情人街三巷二号。

非常简短的几句话，但是在信尾并没有署名。但是这足以让邦德兴奋一阵子，邦德此时正在心中暗自高兴:情人街三巷二号？那不正是刚才报纸广告上准备拍卖的房子的地址吗？没错。刚才报上的算命方法也告诉我，我必须得紧紧抓住这个千载难逢的良机！现在，这个千载难逢的机会来了，就是冒再大的风险也是值得的!

想到这儿,邦德又把这便条看了一遍,然后,他小心翼翼地将便条放进信封里,又将信封放在上衣口袋,随即走出了男卫生间。他若无其事地走到信架旁边,趁人不注意,又将信悄悄地放回原处,然后他快步走到古巴航空公司的柜台前,在工作人员的帮助下退掉了那张原打算飞往目的地哈瓦那的机票。

之后,邦德走到英国海外航空公司的柜台前面,他拿起柜台上的航空时刻表粗略地看了一遍,发现在当天晚上有一班飞机由波多黎各起飞,途径金斯顿,飞到伦敦。

邦德此时忽然想起来,金斯顿的情报站站长和他是认识的。他应和他联系,从他那里得到当地的一些情况。邦德这样决定了之后,便走进电话间,他拨了个电话到英国领事馆,请他们帮忙转接给洛斯讲话。洛斯就是该地情报站站长。

此时,电话已经接通了,听筒里传来一个女性的声音:"我是洛斯的秘书,请问有什么可以帮助您?"

邦德觉得这声音听起来非常熟悉。但是,他没有问,而是继续对着电话说:"请帮我找一下洛斯先生,您可以跟他说我是他的朋友。"

"非常抱歉,先生,洛斯先生现在不在,你方便留个口信吗?"

"这样啊,那麻烦转告洛斯,我是从伦敦来的。谢谢。"

"请问您贵姓?"女秘书的声音突然一下子兴奋起来,说:"喂,你是邦德吗?"

邦德微微笑了一下:"玛丽吧?!天呀!怎么会是你?"

"怎么会这么巧？竟然在这儿能碰到你！真是命中注定要为你效劳。"

"这就叫无巧不成书。"说到这，邦德也有点儿兴奋起来。

"你现在是从哪儿打来的电话？"玛丽问。

"金斯顿国际机场。我现在急需几件非常重要的东西，请你记下来好吗？"

"没问题，你说吧。"

"我现在需要一辆汽车。然后请你再给我准备一张本地的地图，另外再给我弄些大约价值一百英镑的牙买加钱币。我挂掉电话后，就到海湾酒店等你，我准备先住在那里。我希望能和你一起吃饭，我们可以好好叙叙旧，聊个通宵。你看怎么样，亲爱的？"邦德的最后两句话，带着一种男性特有的诱惑。

"放心吧，我一切照办。那么你觉得，我穿什么样的衣服才合适呢？"玛丽说。"这就要看你自己了愿意穿什么样的了，反正要记住，该收紧的地方就收紧些，该放松的地方就放松些。但是千万记住，不要有太多纽扣。"邦德笑了。玛丽也十分开心地笑起来："我立刻准备。大概晚上七点钟的时候，我就会到海湾酒店见你。还有什么别的事情吗？"

"你再想办法帮我打听一下，谁是西印度糖业公司的负责人？另外，今天的日报上有一则情人街3巷2号被拍卖的广告，你再帮我打听一下详细的情况。"

"好把，就这些了！那我们晚上见。"

邦德挂掉电话，从电话亭里走出来的时候就好像从蒸笼里冲出来一般。他深深地吸了一口外面的新鲜空气，然后掏出手绢，把额头上和脸上的汗擦了擦，心想在这么个偏僻的地方居然能碰到以前的女秘书，这真是太巧了。前段时间只是听说过她被调到国外工作了，但是却不知道具体被调到了什么地方。结果在这里遇到她，真是个大大的意外。在总部工作得好好的，她为什么要外调呢？又为什么会调到这里来了呢？是不是总部宣布我失踪以后，玛丽为了避免留在国内触景生情，所以想换一个环境？

他脑子里一面想着这些事，一面在行李寄存处取回了他的皮箱，然后走出了候机室，在机场门口他喊了部出租车，然后直接向海湾酒店开去。

出租车的速度很快，从开着的车窗吹进来凉凉的风，很快就把邦德刚才电话亭里流的一身汗给吹干了。现在，他觉得身上舒服多了。

邦德还记得以前玛丽在组里可是个人见人爱的好人，她不但人长得漂亮，而且脾气非常好。她最擅长的事就是在同事中周旋，与男同事的交往也是适可而止。对于自己不喜欢的人，玛丽则会给他们一种让人捉摸不透的感觉。

但是她对邦德的态度可以说是与众不同，也可以说她在内心深处是爱着邦德的。有一年，情报局举办圣诞夜化装舞会，跳到午夜的时候，他们都跳累了，邦德和玛丽就悄悄地溜出去吃夜宵。邦德和她在舞会上都喝了点酒，出了酒会，两个人就一起走进旅馆。那一夜，他们两个人尽情销魂，那个时候，就把白天在办公室里那副公式化的面孔抛在了脑后。她是真心爱着邦德，而她的一颦一笑，一举一动，都让邦德难以忘怀，尤其是玛丽身上那种不做作的娇媚，更让邦德心醉神迷。她像蛇一样缠在邦德身上，邦德被她调理得如绵羊一般。

在工作中，她是一个女强人，而在床上，她也毫不逊色。她的内柔外刚让邦德非常佩服。他们两个人都彼此深爱着，如胶似漆。但是邦德却没有要和她结婚的想法。连邦德自己都说不清为什么。

从那次圣诞化装舞会开始，每次邦德要出差或是出差回来，他们都要肆意欢乐一次。但是局里的其他人并不知道他们的关系，同事们始终被蒙在鼓里。

可是，就在这次执行任务的过程中，邦德又遇到了她，天底下的事，真是巧得离奇古怪，让人百思不得其解，难道真像东方人说的那样，这是命中注定的？

邦德坐在出租车上回忆着以前的一些事情，不知不觉车已经开到了海湾酒店。司机在这间装修得非常罗曼蒂克的酒店大门前停下。邦德付完车费后下了车，一个酒店的侍者马上走过来替他提皮箱。此时邦德在大门口停了一下，他向四面看了看，发现这家酒店位于皇家海湾附近的一个悬崖断壁上，周围的风景很优美。

邦德在这间酒店订的房间是一间小巧而精致的屋子。他进屋后先洗了个澡，然后一头躺倒在床上，随即沉沉地睡去。

等他一觉醒来，发现已经是下午六点钟了。当他刚睁开眼的时候，一下子还没反应过来自己在什么地方。而且，又为什么会在这个陌生的屋子里躺着？这又是什么地方？什么时候到的这个地方？来这是想做什么？

负责为邦德治疗的马乐爵士曾经说过邦德的记忆力有时会出现短暂的迟钝和模糊现象，但这只是短暂的，很快就会好的。马乐爵士一个月里要对邦德施行二十四次电疗，这样做的目的在于使邦德更快地恢复以往的记忆，同时也可以消除俄国人给他脑中灌输的罪恶思想。

邦德的脑子在经过电疗后，记忆奇迹般地开始恢复。当他的脑功能已经完全恢复正常的时候，马乐爵士便向他解释了敌人用来对付他的卑鄙伎俩。当邦德知道自己曾经差点儿杀死局长的时候，他感到非常惭愧，从而对克格勃更加恨之入骨。

从邦德接受电疗的第六周开始，他就迫切希望能够恢复他往日的工作，能够痛快地与对他洗脑的人干一场，只有这样才能出他心头的恶气。他曾多次要求出院，并且再回到原来的工作岗位上，但是这一要求并没有得到局长的批准。他被安排在"公园"里继续接受治疗，并且还要每天坚持锻炼身体，以便使他的体力能够恢复到从前，同时为了他的下一个重要任务，还要每天练习射击。

有一天，参谋长到"公园"探望邦德。邦德与参谋长私下关系很好，而在工作上他们也合作得很默契。这天他们聊得非常开心，邦德感到那是他接受治疗以来最愉快的一天。最后，参谋长向邦德出示了情报局下达的命令和局长亲笔写的短信，在信中，局长预祝他此行顺利。邦德非常激动地握住参谋长的手说："我终于等到这一天了。"

第二天，邦德就整理了自己的行装然后直奔伦敦机场，坐上飞机，向目的地进发。

邦德坐在床上，想起了自己身在何处，于是站起身又去洗了个澡，然后换上干净的衬衣，信步走到酒店一层的酒吧，他为自己要了一杯加冰的威士忌，坐在吧台边一面喝着，一面欣赏屋外大海的壮美景象。这个时候，外面夕阳西下，水天一色，海面上，海鸟成群地飞翔，这些元素构成了一幅大自然的美景，让人仿佛置身于美丽的画中。

邦德喝完手中的威士忌，又向服务员要了一杯清淡点儿的饮料。这个时候，他又想起了自己担负的重任。情人街三巷二号是个什么样的地方？金枪人准备在那里干些什么？要是碰到了金枪人，该怎么向他下手？邦德反复思考着，而最后一个问题是最让他头疼的。

邦德心里非常清楚，这个史科拉是十分有名的快枪手。如果能将这个作恶多端的杀人魔头干掉，那可真是一件大快人心的事。但是趁人不备的时候开枪，不是邦德所为，而且如果邦德这样做，就算杀死了史科拉，也不能说明邦德有什么了不起的本事。如果将金枪人激怒，让他自己主动拔枪射击，那么自己必死无疑，因为史科拉是世上罕见的快枪手。思前想后，邦德仍然拿不定主意。他想只能到时候随机应变吧。

现在邦德的首要任务就是要将自己的掩护身份以及与之有关的事情弄清楚。而政府发给他的那张护照，应该暂时交给玛丽代为保管。邦德在酒店注册的时候，用的是麦克的名字。这个麦克先生是"中南美贸易有限公司"的职员。这个"中南美贸易有限公司"经营的业务范围很广,到处都有他的分支机构,工作人员更是各式各样的都有。

这样的便利条件正好可以为邦德在此地的各种活动做很好的掩护。

现在想起来,邦德觉得日报上的算命方法好像还真有点儿准。如果邦德真的能在情人街遇到金枪人史科拉,那么这和买马票中了特等奖没有什么区别。

落日像燃烧的烈火一样在西面的天空上燃烧,那烈火把天空烧得通红,映出了满天的云霞。但是没隔多长时间,天空中的颜色就暗淡下来了。

邦德起身离开酒吧,他回到房间,把装行李的皮箱找出来,从里面取出日常要用的东西。他刚把东西收拾好,就听见有人敲门。邦德立刻放下皮箱跑去开门,只见玛丽满面春风地站在门口,她穿了一件橘红色的连衣裙,那裙子映衬着淡红的脸蛋,越发显得她光彩照人。

她伸出一双光滑的玉臂,紧紧地将邦德的脖子缠绕住,四片嘴唇像磁石一样,吸在了一起。片刻之后,邦德轻轻地将玛丽抱起,然后走进房门,他用脚把门踢上。随即两个人同时倒在了柔软的大床上。

他们紧紧地拥抱,以此来宣泄心中的相思之苦。这个时候,室内是安静的,安静的只听得见他们彼此的心跳声。时间一分一秒地过去了,他们深深地沉浸在自己的爱情中,任凭激情把自己融化。他们是多么希望两个人能够合为一体，再也不离开对方。终于，玛丽发出了一声喘息的声音："邦德，想跟你见上一面可真难！我真是快要忍不住了。"

邦德轻轻地托起了玛丽的下巴，望着她那微微上仰的脸，情不自禁地吻上了玛丽那半张的嘴唇……

此时，柔和的月光从窗子外边照进来，正好照在玛丽的脸上。月光下的玛丽看上去非常热情而且充满渴望，一对迷人的碧眼深深地流露出诱人的柔情蜜意。这对多情的双眸挑逗得邦德再也无法自持，他把右手伸到了玛丽的背后，然后轻轻地拉开了她上身的拉链，玛丽颈上的衣领随着拉链松了开来，露出那对坚挺丰满的乳房。

他们在床上不知待了多久。之后邦德从床上坐起来，看着她那苗条的身材，那柔亮的秀发，那丰满的双唇，那高耸的乳房，那光滑而修长的大腿和像大理石一样光洁的手臂，邦德再次情不自禁地吻遍了她的全身。

洗完澡后，邦德和玛丽一起到餐厅吃饭。席间，邦德好像显得很兴奋，喝了好多酒，玛丽也很高兴，也陪着邦德喝了不少。饭后他们回到房间，邦德很抱歉地说："玛丽！真对不起，我现在没有以前那么灵活了，现在的我，常常有种茫茫然的感觉。感谢老天，今天我能在这儿和你相遇，真是太幸运了！现在你能不能告诉我，有什么消息吗？还有，你被派到这里工作多长时间了？你的上司洛斯先生现在什么地方？我请你帮忙办的那些事情，你帮我办好了吗？"

玛丽拿出自己的手提包，从里面拿出一个厚厚的信封，把它交给邦德说："这是你要的牙买加钱币，有两种，一种五元的，还有一种一元的。这笔钱怎么算？算是我借给你的呢，还是算公账开支？"

"算你借给我的吧，好吗？谢谢你！"

"至于其他的事情嘛，第一，你说你要一部车子，现在车已经停在楼下的停车场了。你还记得史特威吗？这部车子就是他的。虽然型号有些老了，但是开起来的速度还是挺快的。我已经在油箱里灌满了油。第二，你要我帮你打听的那个大老板名叫汤尼，是个相当不错的人，他有一个非常幸福的家庭，曾经在海军部队服役多年，最主要的是他对情报工作非常有经验，这也使得他和我们的关系十分密切。第二次世界大战的时候，汤尼正在海军情报处的突击队工作。第三，你需要的本地地图，我已经放在汽车前面的杂物箱里了。你还有什么需要的吗？"

"谢谢你，我暂时不需要什么了。现在请你给我讲讲洛斯的情况，他现在到底在什么地方？"

听到邦德问起洛斯，玛丽的脸上露出了忧虑之色："我跟你说实话吧，我也不知道他现在在什么地方。他上周二接到任务，出去执行以后到现在一直没回来。据说他是去找一个叫史科拉的人，听说这个人是一个枪手或保镖一类的人物。但是我对他的具体底细也不是很清楚，只是总部下的任务让洛斯跑一趟，我想总部既然这么做肯定有他的理由。按理说，洛斯两天之前就应该回来的。可是现在，我们不但见不到他本人，就连他的消息也没有。

本来我们应该发出'红色警号',但是接到总部的通知,让我再等几天。可是,关于这件事的详细情况也没有人向我谈起,我只能做些比较简单的工作。"

"还有一个比较重要的问题我要请教你,情人街三巷二号到底是个什么样的地方?你搞清楚它是干什么用的了吗?"邦德问。

听到这儿,玛丽的脸突然变得通红:"你还问呢!都是你让我干的好事!我查过,它不是一个商业机构,于是,我没有办法,只好去特别支部查。都是你,你说那里是干什么的?天晓得,反正以后我可再也不去了!那个地方,简直就是个……就是……"她一皱鼻子,"就是个人尽皆知的肮脏地方。"

邦德看到玛丽那种窘态,顿时明白了一切,他开心地大笑起来,故意捉弄玛丽地说:"你的意思是说,那是一个妓院,是吗?"

"邦德,请你文明点好不好?我的上帝啊!"玛丽的脸又开始红了。

"好了好了,咱们别谈这些无聊的事了。我们去外边散散步?"邦德说。

作为一个精明能干的情报工作人员,无论到了一个什么样的地方,都必须要先熟悉环境,这样才能做到万无一失。虽然邦德此时是在散步,但是实际上是想了解一下这个酒店的周围环境。

在月光的照耀下,这对情侣紧紧地依偎在一起,他们一边情意缠绵地漫步,一边低声交谈着。

"玛丽,你被派到这里工作有多长了?"邦德此时心里想着的,是和玛丽分别的这段时间。

"唉！快别说了，自从总部宣布你失踪以后，我就申请被派往国外。一直到现在，已经两年多了。"

"可是，我不明白，你为什么要离开呢？"邦德非常关心地问。

"你就不要再提那些不愉快的事了，好吗？不过总算要感谢老天，咱们又重逢了。总部宣布你失踪的时候，我就感到有些忐忑不安。后来，他们又宣布了你死亡的消息，我就真是六神无主了，而且还总是精神恍惚。可是，我始终不相信你已经死了。我总是觉得有一天你一定会回来的。虽然我心里有这种坚定的信念，但我当时还是寝食难安，我觉得天好像都要塌下来了，悲观极了，更糟糕的是我对工作也失去了兴趣，干什么都提不起精神来。"这时玛丽的脸在月光的照耀下显得更加苍白了，她又说："而且时间一长，同事们好像也看出了我的状态不好，大家都明白我的心事。后来，每次他们看到我的时候，脸上都会露出同情的神色，并且大家都尽量避免在我面前谈到你，我也就不好意思问他们关于你的消息。"玛丽说到这儿，停顿了一下，像是在回忆什么："慢慢地，我就感到自己非常孤单和寂寞。甚至有时我还会出现短暂的幻觉，我仿佛看到你推门进来，然后就像以前那样远远地将你的礼帽抛向衣帽架，而礼帽正巧就会挂在上面。我高兴地马上站起来迎接你，可是就在我站起来的一瞬间，你的人和礼帽都消失了。"

玛丽的言语完全流露出那时候她深深的痛苦和失望之情。邦德被她的倾诉感动了，他把玛丽紧紧地搂在怀中，用这样的方式向玛丽传达他的感激之情。

"我没有办法安心工作,整日茫然失措。有时候待在办公室对我来说简直就是一种折磨,我看什么都不顺眼,况且办公室的很多东西都会让我想起你。有时我都感觉自己好像快要崩溃了。"

"有一次,局长在办公室里找到我,把一件事交给我去办,可是我也不知道是怎么回事,当时就好像是被施了'定身术',一动不动地待在椅子上,没有任何反应。局长觉得我很奇怪,忍不住看着我笑,当时我被弄得非常难堪。"

"这件事使我有了一个想法,我强烈地感到是时候换个环境了。经过我的认真思考,我做了一个大胆的决定——离开总部,请求外派,我希望被调得越远越好。那时候,任何与总部有关的人或物我都不想见到,因为这一切的一切都会勾起我对你、对往事的回忆。"

"我把请调报告提交以后,局长特意把我叫到他的办公室里,我一进去,他盯着我看了足有一分多钟,才开口问:'玛丽小姐,我可以问问这是为什么吗?'我已经被局长看得很不自在,局长又问我为什么请求外调,我当时不假思索地说:'我想到外边走走。'"

"'真是因为这个理由吗?'局长说这句话的时候,虽然口气非常和蔼,但是语气里流露出来的是不相信的意思,当时我感到尴尬极了,脸涨得通红。我非常恳切地回答:'是。'然后,局长叫我去找参谋长商量这件事。"

"我到参谋长办公室的时候,他刚刚处理完事情,正在洗手,看上去他的心情似乎还不错。我把请求外调的报告送到他的面前,参谋长只看了一下，就笑了：'玛丽小姐，据我所知，你在这里工作得非常不错，为什么会想起来要外调呢？你希望我能给你一些什么帮助？'"

"'谢谢您，参谋长。我只想请求你一件事，请把我派到一个非常安静的地方，这个地方越远越好，越安静越好。我觉得我待在办公桌前的时间太久了，我希望能够暂时换个环境，我想到外边呼吸点儿新鲜空气。'参谋长了解地点了点头，说：'好吧，我非常理解你的想法，你等着国外组的外调通知吧。'"

邦德站在玛丽身边，静静地听着她的陈述，他只觉得内心感慨万千，他激动地说："玛丽，我感到很抱歉，是我把你的生活搞得一团糟。那么，你到这里以后，觉得心里好受一些了吗？工作得还顺利吗？"

"我刚到的时候，在生活上非常不习惯，我无法适应这里的生活，但是我却感觉在工作上有了一种新鲜的感觉。我想，人生地不熟可能反而会让我有一种新奇的感觉，所以，我在精神方面好像恢复了一点。可是，心理方面还是没有多大改变。"

"为什么？"邦德非常严肃地看着玛丽。

"你失踪后，我虽然还拥有活下去的勇气，但是却失去了做人应有的最起码的快乐，我感到我好像对什么事情都不感兴趣。"

"那么现在呢？"邦德又恢复了他一贯幽默的口吻。

"现在？我仿佛又活过来了。真是要谢谢你，邦德，你简直就是我的上帝。"

这时，两个人都流露出会心的微笑。

JAMES BOND

The Man with the Golden Gun

CHAPTER 5

/ 死神降临 /

金斯顿是个富饶且美丽的地区,它位于牙买加的北部。而距离该地仅有一百二十英里远的萨方莱姆则是一个与金斯顿完全不同的地方,那里的情人街可以说简直是名不符实。

这个情人街,简单一点就是"红灯区"。

而情人街三巷二号是一座拥有五十年历史的老建筑,它的一层是一个酒吧兼餐馆。邦德沿着酒吧门前的石梯走到酒吧门口,他掀开垂在门上的珠帘,走了进去。邦德走到柜台前,看见柜台上放着一碟看上去又松又干的姜饼、一小堆被包得很好的香蕉干和一些散装糖果。这个时候,邦德听见身后响起一阵脚步声,是一个女人进来了。邦德刚进酒吧时就已经看见她正在酒吧前面的小花园里看杂志,当时邦德就觉得这个女人非常美,而且很会打扮。现在这个女人走进来,邦德发现这么近距离地看她,她更是娇美动人。她有一双迷人的棕色大眼睛,眼角向上翘着,而额头上的刘海儿就好像丝一样。

邦德觉得,这个女人是一位有东方血统的黑人。此刻,她身穿一件非常耀眼的粉红色衣服,整件衣服与她那咖啡色的皮肤十分协调。她微笑地望着邦德,温柔地说:"你好,先生。"

"你好。能给我来一瓶红牌啤酒吗?"

"好的。"她走到柜台后面,打开冰箱,从里面取出一瓶啤酒,然后很熟练地开了瓶盖,将酒放在柜台上的干净杯子旁:"一个半先令,先生。"

邦德从口袋里掏出钱递给她,她接过去,把钱放进了收银机。邦德拉了一张椅子坐在柜台前面。那个女人把胳膊搭在了柜台上,然后看着邦德,柔声问道:"你是路过的吗?"

"不是。我是在昨天的报纸上看到一条广告,说这屋子要卖掉,所以今天过来看看。没想到这屋子还是不错的,比我想象中的要大,这房子是你的吗?"

那个女人听到邦德这样说,就笑了起来。这一笑让邦德觉得非常遗憾,因为虽然她人长得非常美,但是牙齿却不好看,那两排牙齿一看就是因为经常啃甘蔗,现在已经变得又尖又细。"我要是这座房子的主人就好了。我现在顶多只能算是这儿的经理而已。我们是开酒吧的,当然也做别的生意,你明白的吧?也许你已经听说过了?"

邦德装作不明白地问:"别的?什么生意?"

"女人生意啊!楼上有六个房间,都是非常干净的。我们这每次只收一英镑。现在莎拉就在楼上。想见见她吗?"

"谢谢你,今天就算了吧,天气太热了。我说,你们这儿只有这一个女郎吗?"

"还有一个,是莲达姑娘,但是很不巧,她现在有客人。她是那种身材高大的姑娘,要是你喜欢高大女人,我可以告诉你,再过半个小时她就有空了。"女人转身朝身后墙上挂着的钟看了一眼,"大概六点钟的时候吧,到时候就不会像现在这么热了。"

"可是,我还是比较喜欢像你这样的姑娘。你还没告诉我你叫什么名字?"

她听到这,咯咯地笑了起来:"我刚才已经跟你说了,我是这家店的经理。你就叫我迪芬好了。"

"很好听，我喜欢这个名字。我叫麦克。"

女人又咯咯地笑起来说："麦克好像是《圣经》上的名字，难道你也是圣人？"

"谢谢，还没有人像你这样恭维过我。我是替法郎姆公司到牙买加谈一笔生意。我非常喜欢这个岛，所以我想在这里租个地方住，我想找一个离海近的地方。我觉得你们这不错，这里有出租房间吗？"

她想了想，说："当然有了，租给你可以，但是我想你可能会嫌这里太吵，因为这儿经常有客人喝醉酒闹事。"说完，她俯身向前，在邦德的耳边压低声音说："不过我还是劝你最好不要租这儿的房子，你不知道，屋顶上的瓦都烂掉了，最少也要花五百到一千元才能把这些烂瓦片修好。"

接着她又向邦德解释了这地方要出售的原因，这是因为这座房子的主人白朗先生的太太最近刚刚皈依了天主教，他们认为开妓院是一件令上帝不能宽恕的罪行，他们是绝对不可以这么做的，但是要是将房子卖给别人去经营，那么就跟他们无关了。

正说着，她忽然抬头看了看墙上挂着的钟，此时，钟上的指针正好指向五点三刻。"唉，都怪你，老是引得我讲个没完没了，我连竹和梅都给忘了。它们早就该吃饭了。"说着，她走到窗前，把窗帘拉了起来。几乎就在她拉起窗帘的一瞬间，两只立在花园树上的大乌鸦飞进来了，它们在屋内绕了一圈，然后停在了离邦德不远的那个柜台上。

它们在柜台上来回走着，一点也不惧怕地用那双亮晶晶的眼珠盯着邦德，随后尖叫了几声。

迪芬从手提袋中取出了两个硬币，然后将它们放进了收银机，买了两块姜饼，她把饼细心地掰成一小块一小块的，最后将这些掰碎的饼放在了两只乌鸦的面前。而这两只鸟也并不客气地抓过来，用两只爪子压着，一下一下地把饼啄得再碎一些然后才吞下去。把爪子底下的饼都吃完后，它们还贪婪地看着玻璃柜里的那些饼。

邦德看见了这种情况，就掏出了两便士递给迪芬："它们挺可爱的。就再让它们多吃几口吧。"

迪芬接过钱后把它放进了收银机，又从柜台里取出两块姜饼："竹和梅，现在你们两个给我听好了，这位先生先是对迪芬非常好，现在他又对你们很好。所以，我告诉你们，这次可别再啄我的手指了，不然的话，这位先生以后可就不来了。"

饼喂到一半的时候，邦德听见天花板上传来了有人走路的吱吱声，紧接着这个脚步声的主人慢慢地从楼梯上下来。突然，迪芬的脸色一下子变得紧张起来，她的脸在瞬间沉了下来。迪芬对邦德很小声地说："这个人就是莲达的客人，他可是个大人物，我们谁都不敢得罪他。他是我们这里的常客，但是他很不喜欢我，因为我总是不买他的账，所以他一直对我怀恨在心。而且他也非常讨厌竹和梅，他觉得它们吵得太厉害，影响到他了。"说到这里，迪芬走到柜台边想把两只乌鸦都赶到窗外去。可是这两只乌鸦吃饼只吃到一半，当然不肯离去，所以它们只是在迪芬的驱赶下飞到了半空中，然后又落回到原处。迪芬只好请求邦德，希望他能够配合自己："做做好事吧，先生，一会儿别管他说什么，你都不要生气。他最喜欢捉弄我这里的客人了。"正说着，突然她改变了话题："先生，请问您还想再来一瓶红牌吗？"

此时，邦德听见餐厅后面的珠帘被掀开了，发出了"沙沙"的声音。

邦德本来一直都是右手托腮坐在椅子上的，现在他不动声色地把手放在柜台上，身子尽量在向后靠。在外衣的遮挡下，有一把华尔达PPK手枪挂在他的左腰皮带上。他轻轻地微微弯曲右手手指，以便他能够随时伸进外衣里快速地把枪拔出来。他一边悄悄地将外衣的扣子用左手解开，一边将左脚稳稳地踩在地面上，说："好吧，那就再来一瓶。"随即，邦德用左手从衣内把手帕拿了出来，擦去了脸上的汗水，"今天的天气真热啊，热得我都能闻到死神身上的气味了！"

"朋友，你说得对极了，死神现在就在你的后面。你闻到它的气味了吗？"

邦德慢慢地转过头来。此时，暮色已经完全笼罩着这个小店，所以邦德也只能依稀看见是一个高高的影子，在他的手里还拎着一只皮箱。只见那个影子把皮箱放到地上，然后朝着邦德走去。迪芬赶紧转身按了一下电灯的开关，四面墙上马上有十几只暗淡的灯泡闪亮起来。

而邦德此时也看清，这个人正是金枪人史科拉。

但是他还是很镇定地说："嘿，老兄，你吓了我一跳！"

史科拉面无表情地走过来，他靠在柜台上。邦德此时心想：

看来资料上对史科拉外貌的描述基本是属实的,只是资料里没有提到这个人有一种猫看老鼠一样的神气劲儿。他的上身是宽肩细腰,就像一个倒三角形。而他的眼神是高傲、冷酷的。他现在穿着一套剪裁相当考究的暗色西服,脚上穿着一双棕白相间的皮鞋。他的衬衫上没有系领带,只在上面草草地系了一条白色的丝质领巾,这个领巾是用一只类似于手枪状的金扣扣住的。这种打扮在邦德看来本来是有些奇怪的,但是因为这个史科拉身材高大,所以看上去也还不是很难看。

史科拉说:"我闲得没事的时候可能会教人跳跳舞,但是每次跳完后,我都要把他们的腿打断。"他的口音是一口纯正的美式英语。

邦德说:"太可怕了。你为什么要这么做呢?"

"为什么?上一次好像是为了五千元吧。嗯,你是不是还不知道我是谁?她没告诉过你吗?"

邦德看了一眼迪芬,只见她呆呆地站着,两手下垂,脸色惨白。

邦德说:"她为什么要告诉我你是谁?我又有什么必要非知道?"

邦德正说着,突然,只见一道金光从他面前闪过,史科拉已经把那只金手枪的枪口正对着邦德的肚脐。"就因为这个,行吗?你到这里是干什么来的?不要告诉我你是警探或者是他们的朋友。"

"我投降,我投降!"邦德装作很轻松地举手表示投降,然后又放下手,转向迪芬,问道:"他到底是谁?是你们牙买加的天王吗？还是哪个马戏团的小丑？你问问他想喝点儿什么，我来请客。他刚才表演得太好了，真是吓到我了！"其实邦德知道自己的这句话是专刺史科拉的痛处，这样做搞不好就会惹怒他，也许这个金枪人一怒之下就会扳动枪机。他现在都可以想象自己被打中后倒在地上痛苦呻吟的场景，那时他的右手可能已经没有力气拔枪了。

而此时，迪芬的那张漂亮的脸蛋也已经没有了血色。她惊慌不安地看着邦德，她的嘴巴微微张开，但是却发不出声音。现在，她已经开始有点儿喜欢他了，她担心邦德会为了逞一时口舌之快而给自己招来杀身之祸。柜台上的那两只乌鸦竹和梅似乎也感到了屋内的紧张气氛，于是它们哇哇地叫两声，然后拍拍翅膀，想要飞到屋子外面去。

突然"砰砰"两声巨响，瞬间那两只乌鸦就被炸开，它们的羽毛和粉红色的肉在空中四散飞舞着。

接下来就是死一般的安静。邦德坐在那里没有动，他等待着这种紧张的气氛慢慢地缓解下来。但是，并不是像他想的那样，气氛没有缓解。迪芬突然爆发了，她一边咒骂着一边大声疯狂地喊叫着，她抓起邦德随手放在柜台上的啤酒瓶，胡乱往地上一扔。瓶子在落地后哗啦一声破了。迪芬慢慢地跪倒在柜台的后面，她抱住自己的头，歇斯底里地哭起来。

邦德还是坐在那里没有动，他一口气喝完杯里的啤酒，然后才慢慢地站起来。向史科拉走去。当他经过史科拉的身边时，史科拉慢悠悠、懒洋洋地伸出手，动作很轻但很有力地拉住了他的胳膊,史科拉把枪拿到鼻子下,嗅了嗅枪口,眼中射出了一道高深莫测的寒光。他说:"朋友,死神的味道闻起来可真是与众不同,想闻闻吗?"说着,他举起那只金光闪闪的手枪,朝邦德脸上指过去。

邦德很镇静地站在原地一动也不动,他看着史科拉冷冷地说:"规矩点儿,老兄,把你的手拿开。"

史科拉似乎有些诧异,他扬起眉毛,好像刚刚才发现自己的面前还站着一个大活人。他把手从邦德的面前拿开了。

邦德从椅子上站起来,绕到了柜台的后面,站在那里,恰好与史科拉正面相对。邦德发现史科拉好像对他很好奇,现在他正若有所思地望着他。邦德看见迪芬蹲在屋子的一角,正伤心地哭泣着。

邦德调头看向史科拉,他望着史科拉的眼睛,说:"你说的那个死神的味道,我早就闻过了,那是 1945 年的柏林。"他嘲笑地看了看史科拉,又说,"不过说这些你也没什么兴趣,你那时还太年轻,不会听说过这些的。"

邦德走到迪芬旁边,然后蹲下,出人意料地在她的脸上扇了两巴掌,这时候,迪芬好像恢复了神志。她用手捧着微微有些发肿的脸,吃惊地看着邦德。邦德不疾不徐地站起来,在水池边拿起一块布,淋湿后,用布轻轻地为迪芬擦去脸上的泪水。接着他把迪芬从地上扶起来,然后把她的手袋拿来递给了她,说:"迪芬,快,打扮一下自己吧,弄得漂亮一点儿。要知道,马上要开始做生意了,作为女主人,你可不能太难看的呀。"

迪芬接过邦德手里的手袋，打开了它。她抬起头，迈步向邦德的身后看去，这是在开枪之后，她第一次看史科拉，她噘起她那美丽的嘴唇，恶狠狠地小声对邦德说："等着瞧吧，我一定要收拾收拾他！我认识一个会巫术的婆婆，我明天收拾一下就去找她，我要让这个人连死都不知道自己是怎么死的。"她一边说着，一边从手袋里取出一面小镜子，开始对着镜子在脸上施粉。

邦德从钱夹里取出五英镑的钞票，然后塞进迪芬的手提袋里："好了不要再难过了，干脆把刚才那些不愉快的事情忘掉算啦。这五英镑足够你再买一个鸟笼，你还可以买一只黄莺，把它们装在鸟笼里面。如果你还是想要乌鸦的话，只要在外面的花园里摆一些食物，它们就会自己飞来的。"邦德拍拍迪芬的肩膀，然后慢步走到史科拉的面前，说："你刚才的那种把戏要是在马戏团里玩玩还是没问题的，可是在女人面前耍弄就未免太粗鲁了一点。怎么说，你也要赔给她一点儿钱吧。"

史科拉毫不在意地歪着嘴角，说："你滚开！"接着又疑惑地问邦德："你为什么老在我面前提马戏团？朋友，我劝你还是站着别动，乖乖地回答我几个问题。是警察局派你来的吗？我总是觉得你身上有一股警察的味道。如果不是警察局派你来的，那你又是谁？你来这里干什么？"

邦德说："我劝你还是别在我这儿耀武扬威，我只命令别人，从来不接受别人的命令。"邦德边说着，边走到店中央，他在一张桌子旁边坐下来，说："嘿，老兄，坐到我这里来吧。我劝你还是别对我这个态度，因为我这个人向来是吃软不吃硬的。"

史科拉若无其事地耸耸肩，他慢慢地走过去，拿起桌子旁边的一把铁椅，把椅子转过来跨坐在上面，用椅背挡住自己的上半身。他把左手搭在椅背上，右手则放在自己的大腿上，而右手离插在裤头上的金枪枪柄只有几英寸的距离。邦德一眼就看出这是一流枪手的一贯作风，因为那把铁椅的椅背可以掩护他的要害部位。邦德不由在心里感叹：这个金枪人果然智勇双全啊。

邦德把自己的手搭在桌子上，平心静气地说："你放心吧，我不是警察局派来的。实话告诉你吧，我叫麦克，这次来法郎姆，是到威斯哥糖厂完成一项工作的，那个地方你应该知道吧？"

"当然。那么你在那里都干什么工作呢？"

"别着急，老兄。你得先告诉我你是谁？是干什么的？"

"我叫史科拉，是工会交际组的。你难道没听说过我的名字吗？"

邦德皱皱眉："好像没听说过。怎么，难道我应该听过吗？"

"你要知道，事实上，有很多没有听过我名字的人全部都死了。"

"很多没听说过我名字的人也都死了，"邦德说，"我觉得你说话最好不要那么狂妄。你要知道，在中国大陆生活着七亿人口，他们应该都没有听说过你的名字。我劝你还是不要做井底之蛙。"

很奇怪，这次史科拉并没有生气，他平静地说："哦，我想你也许是想说加勒比海地区狭小得像井一样吧？但是，这狭小的区域对于一个人来说，已经是一片很大的天地了。我在这一狭小的区域内被人们称为'金枪人'。"

"你的意思是说,你用你这把金枪解决劳工的纠纷,那我看我们法郎姆那边非常需要你这样的人。"

"你们那里有什么麻烦吗?"看上去史科拉对这件事一点也不感兴趣。

"经常有人在蔗田里放火。"

"你不会就是管这个的吧?"

"可以算是吧。我们公司也另外做一些保险赔偿的事故调查工作。"

"唔,原来你是保险公司的侦探。其实像你们从事这种工作的人我见过不少,所以我能很准确地一下子从你身上闻出那股侦探的味道来。"史科拉显得有些得意,"那么,你干没干出什么名堂来?"

"我曾经抓到过几个在蔗田里放火的人。我原是想把他们全部都杀掉,但是没想到工会包庇他们,把他们全都给放了,于是不久之后,甘蔗田又开始大面积失火。所以我们那里非常需要纠察。我猜想你大概也是干这个的吧?"

但是,史科拉并没有正面回答邦德的问题,他只是自顾自地问道:"你平时带枪吗?"

"当然,要是没有枪,我怎么对付那些浑蛋呢?"

"你用的哪种枪?"

"华尔达PPK,0.65口径的。"

"果然是支难得的好枪!"史科拉走到柜台前,"喂,给我两瓶啤酒。"说完,他转回头看着邦德:"老兄,你下一步有什么打算吗？"

"目前我也不知道呢。我先要问问伦敦方面，看看他们在这附近还有没有需要我做的事。反正我也不着急。因为我是不受任何约束的，我帮他们干活是论件计酬的。呃，对了，你干吗要问我这些呢？是不是你有什么好的建议呀？"

史科拉并没有回答邦德的问题，他看着迪芬拿着酒从柜台后走出来。她把两瓶啤酒放在桌上，转身就走，看都没看史科拉一眼。史科拉哈哈大笑起来，他伸手从上衣口袋里拿出一个鳄鱼皮钱夹，随手从里面抽出一张一百美元的钞票丢在桌上："好了，快别生气了，我的甜心。你要知道，我本来是非常喜欢你的，可是你老不肯分开大腿。你拿这些钱再去买几只鸟吧。我喜欢身边的人每天都笑口常开。"

迪芬拿起钞票，说："谢谢你了，朋友。不过，要是你知道我打算用你这些钱来干什么，你肯定会追悔莫及的。"说完，她恨恨地瞪了一眼史科拉，随后转身走掉了。

史科拉若无其事地耸耸肩，他伸手拿了桌子上的一瓶酒，又从柜台上拿了一只杯子。就这样，他和邦德两个人竟然对饮起来。史科拉从上衣口袋中取出一只名贵的香烟匣，从里面拿了一根雪茄抽起来。他好像在玩一种游戏似的，把烟从嘴中喷出，又用鼻孔吸入。这样反反复复几次。他透过那层薄薄的烟雾凝视着坐在对面的邦德，好像在考虑着什么。最后，他好像下了很大的决心，说："你想赚一千美元吗？"

"当然了。"邦德显得很随便地说。

史科拉沉默地吸了一阵烟，目光停留在邦德身上，好想要从他身上看出些什么。过了一会儿，他紧盯着邦德的眼睛说："老兄，我现在手里有一块地皮，我已经制订了详细的发展计划，而且有些人也已经投了资。那块地皮就在血湾那一带，你知道那地方吧？"

"我曾经在地图上见到过。好像离祁岛港不算太远，对吗？"

"没错。我已经找来了投资人，准备兴建一座豪华的酒店。目前，酒店的第一层已经建好了，而且一层的酒店大堂和餐厅也已经完工了。可是，你也知道，现在旅游业突然一蹶不振，自从古巴的卡斯特罗一上台，美国人通通都认为这里离古巴太近了，他们的安全得不到保障，所以都不来了。想一想，美国人一不来，无疑断绝了所有的客源。现在银行又收缩银根，拒绝给我们贷款。接下来会出现的情形你应该能想到了。"

"工程会停下来？"

"没错。其实我好几天以前就到这里了，就住在蓝鸟酒店。在来之前，我已经通知了其他六位股东到这里开会。为了能够让他们玩得尽兴一些，我还特地请来了一个在金斯顿很有名的乐队，还有很多漂亮的舞女。蓝鸟酒店里有个很大的游泳池，酒店的旁边还有一条小铁路，这条铁路是直通祁岛港的，以前是用来运甘蔗。在祁岛港内我还有一艘非常大的游艇。我原本是打算让他们坐火车到祁岛港上的游艇上去的，他们可以在那里来一次深海钓鱼。我可以让他们痛痛快快地玩，你能明白我的意思吗？"

"你这样做，是想让他们再追加一些资金，对吗？"

史科拉恼羞成怒地说："我答应给你一千元，不是要你在这里乱猜的，你懂吗？"

"那你要我干什么呢？"

史科拉又开始像刚才那样把烟雾吐出来，再用鼻子吸进去，渐渐地，他那紧锁的眉头舒展开了。他对邦德说："这些人都是大老粗，整天不学无术。我也就是和他们做做生意，要是让我和他们做朋友，那就很难了，你明白吗？我终究是会和他们分开的，所以我要和他们分别见面，不能让他们有见面甚至串通一气的机会。但是，你要知道，剩下的那些人有可能会偷听我们的谈话，或者是强行来参加我们的谈话，到那个时候，你就有用武之地了。你的工作就是替我检查检查屋子里有没有被人安上窃听器，然后就是在门口守着，别让人闯进屋子里，你明白吗？"

邦德挑高眉毛，笑起来："我明白了，你是想让我当你的私人保镖，对吧？"

史科拉刚刚舒展开的眉头又皱了起来："这很可笑吗？难道我让你赚这种钱很困难吗？你要是照我说的做了，不但可以在豪华的大酒店里住上三四天，还可以轻轻松松，不费吹灰之力地挣一千元，你上哪儿找这么好的事？"史科拉在桌子上蹭灭了快抽完的烟，一团火星掉在了地板上。

邦德挠挠头，认真地思考起来。他很清楚，这件事绝不像史科拉讲的那么简单，这里面肯定有什么不可告人的秘密。作为一个神枪手，史科拉聘请一个陌生人当保镖，这本身就是非常不合乎常理的一点。现在，唯一能解释这一点的理由就是：史科拉不想让本地人当他的保镖,他害怕一不小心碰上警方的耳目。但是,邦德也知道,这是他接近史科拉的一个绝好的机会。当然,这很有可能是一个陷阱,但是,就算这是一个陷阱,他007号情报员也要踏进去,因为这个机会实在是千载难逢。

邦德慢条斯理地点燃了一根香烟。他说:"别误会,只是我没有想到像你这样的神枪手也需要聘请保镖,我以为你是在开玩笑,所以刚才我才会不由自主地笑了起来。但是说实话,我对你刚才的提议非常感兴趣。我想问问,我什么时候可以上任?我的车子可还停在路口。"

史科拉看了一眼腕上的手表。他说:"现在是晚上六点三十二分。我叫的车子已经到了。"他站起来:"我们现在就走吧。对了,我还想提醒你,我这个人非常容易生气的,这你是知道的吧?"

"当然,从刚才那两只很无辜的乌鸦的下场就能看出来。"邦德边说边站了起来,"但是,我也保证,我不会让你有生气的理由。"

"这样最好。"史科拉说完,走到柜台前提起他刚才拎的那只箱子,走向门口,然后掀开珠帘跨了出去。

邦德也迅速地走到柜台前和迪芬告别:"再见了,迪芬。愿上天保佑我还有和你见面的机会。要是有人到这里找我,你就跟他说我在血湾的蓝鸟酒店,保重。"

迪芬伸出一只手,胆怯地拉住邦德的衣袖:"你千万要小心啊,麦克先生。那个蓝鸟酒店全都是黑社会的人出钱建的。"她朝门口张望了一下:"他是这个世界上最坏的坏人。"说着又把头伸向邦德，低声说："他拎着的那个箱子里装的全都是毒品，我猜最起码值一千英镑。是今天早上一个人拿来给他的，我趁他不注意的时候闻过。"说完，她赶快又把头缩了回去。

邦德说："迪芬，谢谢你。你不是要去找那个你熟悉的巫婆吗？让那个巫婆把他咒死吧。如果以后有机会，我一定告诉你为什么我也如此强烈地希望他能够死掉。再见！"

说完，他迅速跑到门口，此时，一部红色的蓝鸟敞篷车正停在街上。司机一看就是个牙买加本地人，他穿得非常整齐，头上还戴着顶帽子。在敞篷车前面的天线上还挂着一面小红旗，红旗上面写着"蓝鸟酒店"几个秀气的小金字。史科拉就坐在司机身边，他看到邦德从小店里出来，便不耐烦地说："快到后座去吧。我们把你送到你停车的地方，然后你再开车跟我们一起回酒店。"

邦德二话没说就上了敞篷车，他坐在史科拉后面。他是真想学习一下盖世太保的手段，从背后把这个可恶的史科拉给干掉。但是想归想，邦德并没有真的动手，因为一旦他动手，那个黑人司机就得丧命，而且他非常想弄清楚史科拉和那些黑社会头目们的谈话究竟是怎么回事。要知道，作为世界头号杀手，史科拉并不缺少金钱，如果单单是为了找几个人来投资，他是不会费那么多心思的。

这时，车子已经驶出了情人街，正在向海边驶去。邦德知道他这么做违背了局长的命令，局长曾经说过，只要一有机会就立刻杀死史科拉。而且，他现在放弃这么好的机会，宁可选择更冒险的做法，在局长的眼里一定觉得他愚蠢透顶！

JAMES BOND

The Man with the Golden Gun

CHAPTER 6

/ 神秘股东 /

敞篷车在甘蔗田里行驶了相当长的一段时间，终于离他们的目的地蓝鸟酒店越来越近了。

作为一名从事了多年情报工作的情报员，邦德首先要准确地熟悉一下周围的环境、当地道路情况以及和外面联络的方式。现在，邦德有一种很不安的感觉，他感觉到在他们刚刚走过的地方，他都不是很熟悉，而目前离他最近的可以联络的人，却偏偏是三十英里外一家妓院的女人。

车越往前开，他这种不安的感觉就越浓。

在前面离邦德大约半英里远的地方，有人看见了开在最前面的蓝鸟敞篷车，于是前面树林后的灯光忽然亮了起来。邦德跟着前面的蓝鸟转了个弯，蓝鸟酒店的大楼就映入了他的眼帘。虽然这座酒店没有完工的部分并没有亮灯，但是在夜色中，他看起来依然非常豪华。在酒店大门处有一座非常大的粉色及白色柱子相间的阳台，这使得整座酒店从外表看起来非常贵族化。车子进入酒店花园门口时，邦德透过车窗看见酒店里漂亮的玻璃大吊灯，酒店的地面上铺着的是黑白相间的大理石。领班正带着几个侍者一路小跑地走下楼梯，他们走到史科拉身边向他恭维一番之后，便接过了他和邦德的行李，随后几个人簇拥着他们走到前台登记处，邦德还是用麦克的名字登记，而在通讯地址那一栏则写的是伦敦的中南美公司。

史科拉登记后，对一个看起来像是经理的美国年轻人低声吩咐了几句，然后他对邦德说："你住西面的二十四号房，我住在你对面的二十五号。你要是需要什么东西就打电话叫他们给你送去。好了，我们该回去休息了，明天早上十点钟见，明白吗？"

邦德答应道："明白。"然后他跟着侍者来到了他的房间二十四号。这个房间在走廊最左面，几乎就是在走廊的末端了。

侍者替邦德把房间门打开，邦德明显地感觉到一股冷气从里面扑面而来。房间里的设备非常现代化，是以灰和白为主色调的。侍者走后，邦德便随手关掉了冷气，然后拉开了厚重的窗帘，把那两扇大窗子轻轻地推开，好让新鲜空气能够流通进来。虽然在屋里看不见外面的海，但是却可以清晰地听到海水拍打沙滩发出的好听的声音。房间外空地的右边是一块非常平滑的草地，在那上面种着许多棕榈树；而左边就是通入酒店的小路。邦德听见酒店外的院子里有人在发动他的车子，可能是酒店的服务员要把它开到停车场去，因为毕竟让一辆汽车停在酒店门口有点儿不太好看。邦德转过身，开始仔细检查起自己的房间。

房间的布局很简单，而在两张床之间的墙上有一幅非常大的油画，画面上表现的是牙买加本地的自由市场，作者是本地人。在两张床中间的床头柜上放着一部电话。邦德走到两张床中间，小心翼翼地把墙上的那幅画取下来，但是，在画后面的墙上却没发现什么可疑的地方。于是他又拿起电话开始检查。他先是小心地把电话倒放在床上，自始至终他都没有挪动听筒，然后他从随身带的行李箱中取出一把小刀，他用小刀小心地旋开了电话的底盖，从上面取下一个小金属片，他把金属片拿在手里仔细看了又看，之后，又把它放回到底座里，然后再用小刀把底盖拧紧，最后把电话轻轻放回到原来的位置上。刚才的金属片是他最熟悉的，这是一种比较原始的窃听器，有了它，就能听见在这间房子中的任何角落发出的声响，它会把这些声响传到酒店中的某个地方，然后用录音机录下来。

邦德开始收拾自己的行李，他先把衣服取出来叠好后放进衣柜，然后打电话到餐厅叫了一瓶加冰的威士忌，又吩咐服务员第二天早晨九点的时候送早餐来。在服务员送来威士忌后，邦德脱下身上的衣服，然后把枪放到枕头下面，去浴室洗了个热水澡。洗完澡后，他就靠在床上，喝着酒，随手拿起一本杂志翻了起来，虽然他是在看杂志，可是脑子里却在想着关于史科拉的一些事。

不知道史科拉现在正在干什么，是在安排明天谈话的事情吗？邦德知道，史科拉所说的那些股东其实都是一些黑社会人物，他们肯定是在古巴政变后带着巨款逃到美国的，这么做无非就是想用这些钱在各方面做一些投资。那么，就目前情况来看，史科拉到底代表着哪一个财团呢？他在小酒馆里打乌鸦的枪法确实是很棒，我不可能是他的对手。想到这儿，邦德忽然心血来潮，想试试自己的拔枪速度，于是他从枕头底下取出他的那支手枪，然后退出弹夹，开始练习快速拔枪，他瞄向房中的各种物体。最终，他发现每次瞄准的时候都会高了一寸，他知道这是因为取出子弹以后，枪身变轻的原因。他又把弹夹装了回去，这次果然丝毫不差。

晚上睡觉前，邦德特意用一张椅子顶住了房门，还在上面放了两个装满水的玻璃杯，虽然说这样并不能起到什么防御功效，但是最起码能在危险的时候，把邦德及时吵醒。

凌晨两点钟的时候，邦德被一场噩梦惊醒，他坐在床上，身上大汗淋漓。他梦到他在奋力地守卫一座堡垒，但是和他一起守卫堡垒的那些人却不顾堡垒的安危，居然袖手旁观。邦德着急地大声招呼他们要全力抵抗，不能有一丝一毫的松懈，可是这些人却根本不听邦德的。而在堡垒外面的空地上，史科拉悠闲地坐在一张铁椅子上，在他的旁边立着一尊金色的大炮。史科拉不时地用那细长的雪茄点燃炮上的药孔，每一次在他点完后，炮口总会爆出一大簇无声的火花，然后会有一只像足球一样大的黑色炮弹被高高地射向天空，随后就会落进堡垒内。而邦德自己什么武器都没带，身上只带着一只弓箭，而且最糟糕的是，无论邦德怎么射都射不出去。邦德每次搭箭拉弓的时候，箭都会忽然从他的指间滑落下去，最后掉到地上。邦德不停地骂自己笨手笨脚。

就在这个时候，一颗颗炮弹从堡垒外飞进来，击中了邦德所站的地方和外面的一块平地。此时，史科拉又跑到那尊金色大炮前点燃大炮了。只见一颗巨大的、黑色的炮弹直奔邦德而来，最后落在他前面不远的地方。黑色的炮弹在地上越滚越大，而炮弹上伸出来的引线则越来越短，还一直冒着黑烟和火星。

邦德情急之中伸出一只胳膊去挡，结果一下子撞到了床头柜，这下把他痛醒了。

邦德坐在床上清醒了一下，然后下了床，走到浴室冲了个冷水澡，又走到客厅里喝了杯凉白开。当他重新躺到床上的时候，已经差不多把刚才做的噩梦忘掉了，所以他这次很快就睡着了，这一睡，就睡到了早上七点半。邦德起床后就立刻换上了游泳裤，然后跑到海滩游泳去了，游了一会儿，邦德觉得没有意思，于是就回房间吃早餐。用过早餐后,他准备利用在酒店周围散步的机会,察看一下那些未建筑好的部分,同时也把昨天因为天太黑而没有观察仔细的地形再好好察看一遍。

当邦德散完步回到酒店时,看见史科拉和酒店经理正在小声地谈话。史科拉听见邦德进来了,就转过脸对邦德微笑着点点头,算是向他打招呼了。紧接着,他对酒店经理说:"那好吧,就这样定了。"

然后他站起来,对邦德说:"走,咱们去看看酒店的会议室。"

邦德跟着史科拉穿过餐厅,又另外经过两道门,然后向右转,走进了一个房间。看上去,这个房间好像是为打牌赌钱而专门建造的。因为房间里的东西并不是很多,在房间的正中央摆放着一张圆桌,圆桌的四周放着七把纯白色的椅子,桌子上放有记事簿和铅笔。那把面对门口的椅子也许就是史科拉要坐的,这把椅子前的桌子上只有一部白色的电话机。房间的地上铺着大红色的地毯。邦德在房间里环视了一圈,检查了屋内的那些大窗子和厚重的窗帘,又看了一眼墙壁上的那些正发出昏暗灯光的小灯。他说:"我想,那些灯可能会被装上窃听器什么的,我需要检查一下,可以吗?"

史科拉冷冷地看了一眼邦德,说:"没有那个必要,我确实在里面放了窃听器,我要把会议的全部内容都录下来。"

邦德说:"那我明白了。那么,一会儿你想让我在哪里把守呢?"

"就在门外,你可以在那里装作看书或看杂志的样子。我在今天下午四点的时候要开一次股东大会。明天还会开一些小会，那个会可能只有我和几个股东参加。到时候，你要在门口严密把守，你不能让任何人进来，任何人都不可以，明白吗？"

"明白。"邦德回答道。之后，没过多长时间，史科拉说的那六个股东纷纷到达了会议室。史科拉早就已经把这六个股东的名单交给了邦德，而且他还把他们的样子向邦德具体描述了一遍，邦德现在就站在会议室门口对这些股东进行一一核对，然后逐个放行。据邦德判断，这些股东全部都是美国黑社会的老大级人物，但是只有一个先生例外，他就是亨特先生。史科拉在向邦德描述这些股东的相貌时曾经说过，亨特先生是一个荷兰人，他这次代表欧洲的一些大财团来参加这次股东会议的，但是邦德本人对这种说法感到有些矛盾，他对这位亨特先生的身份有点儿怀疑。因为其他五位股东都称史科拉为史克拉先生或直接叫他"金枪人"，但是只有亨特从来没有称呼过史科拉。

邦德站在门口，他一边仔细观察着这些股东的模样，一边默默记下他们各自的体貌特征。当他们进入会议室之后，邦德马上取出刚才用来核对的名单，快速地在每一位股东的名字后面写下他们各自的特征：

萨基拉：长相较凶，嘴唇长而扁，原籍意大利。

洛克逊：脖子粗，光头，犹太籍。

白若德：耳朵较大，左脸上有疤，微跛。

卡弗奇：面相凶，镶有金牙。

博尔德：外形像演员，经常是一副皮笑肉不笑的表情，左手戴有钻戒。

在这六个人当中,只有亨特先生的外貌特征是不用写下来的,他给人的印象实在是太深刻了。因为他的穿着相当的老气,有些像苏联方面派来的人。

此时,史科拉静悄悄地走到邦德身边:"你在写什么?"

"哦,我把他们的特征记下来。"

"拿过来,我看看。"史科拉说着,冲着邦德把手伸过去。

邦德没有办法,只好把名单给他。

史科拉非常快地浏览了一遍,然后把它还给邦德,说:"你做得非常好。你现在去酒吧,咱们十二点左右在那里会面。我到时会向他们介绍你的。"

"好的。"

史科拉转身走回了会议室。邦德又在脑子里琢磨起来,他认为自己必须要查出史科拉究竟开的是什么性质的会议,这个会议的内容是什么,还有,他还迫切地想知道史科拉准备在加勒比海这一带干些什么勾当。他隐约感觉到,这可能要比干掉史科拉更重要。而且那个神秘的股东亨特更使他心生疑惑,因为他感觉到,这个亨特举手投足间都带着浓烈的苏联人的味儿。

邦德一进自己的房间,就知道一定有人在他出去的这段时间里搜过他的屋子,而且看得出,这个人是个内行。邦德的剃须刀的刀柄一直都是间谍藏东西的最佳选择地,比如密码、微型工具、氰化物药丸等,这些东西都能放进去。今天早上,邦德为了慎重起见,曾经在剃须刀刀柄的螺丝上用小刀刻了一条小纹,邦德故意让这条小纹和刀柄上厂家名字中的 Z 平行，但是现在，这个小纹稍微歪了一点，这就足以说明，有人动过剃须刀了。还有，邦德在走之前故意做出许多痕迹，比如故意把手巾折歪，箱子和衣柜被摆成某种角度，故意把上衣口袋抽出来一半，而现在，这些都和邦德走之前不同了。邦德断定，一定是在九点到十点这段时间有人来搜查过房间了。不过邦德很庆幸自己老早就做了非常周密的准备，这使得他的真实身份还不至于在此刻被发现。邦德站在屋子里得意地笑了。他其实是有机会进到史科拉的房间里像这样彻底地搜查一遍的，但是，很可惜他现在心有余而力不足，因为在这间酒店里几乎到处都是史科拉的耳目。

JAMES BOND

The Man with the Golden Gun

CHAPTER 7

/ 并肩作战 /

中午，六个股东和史科拉在一起吃午饭。他们在吃饭前先到酒吧喝酒，在那里，史科拉把邦德介绍给了那六位股东。邦德很快就和那些股东攀谈上了，在谈话间，邦德注意到除了亨特之外的那五个人显然真的只是一般的黑社会老大，而只有亨特，让邦德越来越怀疑他。因为邦德发现，这个亨特每次对史科拉说话的时候，都是带有一种居高临下的态度，就好像主人对奴仆一样。

吃过午饭后，大家都各自回到自己的房间中。邦德慢慢地走到酒店后面的沙滩上，他找到了一块荫凉地，脱掉外衣，解下领带坐下来。一阵阵清凉的海风吹过邦德的脸，这使得他完全陶醉了，显然对于邦德来说，清凉的海风远比房间里的人工冷气让人感觉舒服。渐渐地，邦德闭上了眼睛，进入了梦乡，在梦中，他梦到了玛丽。她优美地躺在郊外的一幢大别墅的床上睡着了。

她的床周围挂着洁白的蚊帐。也许是因为天气太热，玛丽赤身裸体地躺在床上，所以从蚊帐外面可以清楚地看到她那象牙色的身体。在她的上唇和双乳之间还留有一排排细密的汗珠，而且因为出汗，玛丽那金黄色头发的周围也有些湿了。邦德轻轻地掀开蚊帐，虽然他为了不吵醒她，已经把动作放得极轻，但是玛丽还是被从睡梦中吵醒，但她翻了个身，伸出两个洁白的手臂说："邦德……"

邦德一下子从春梦中被惊醒了，他这才意识到自己其实和玛丽之间距离有一百二十英里。他赶紧抬手看了看手表，这时已经三点半了。他快速地在沙滩上找到两块树皮，然后快步向房间走去。邦德捡这两块树皮，是因为它们呈扁三角形，把它们塞在门底下，可以防止别人从外面开门。他进房间后先洗了个冷水澡，然后离开房间，向酒店大堂走去。

邦德刚走进大堂，那位年轻的美国经理就从大堂的柜台后面走出来，招呼他道："下午好，麦克先生。""你好。""你也许还不认识我的助手吧？""是的，我不认识，我们好像从来没有见过面。""那么麻烦您跟我到我的办公室来一趟，我想介绍你们认识一下，行吗？""能过一会儿吗？我们现在马上要去开会了。"

经理又向邦德走了几步，然后附在邦德耳边低声说："我的助手非常想见你呢，邦德先生！"

邦德一惊，他全身的血液似乎都在那一刻凝固了。是的，他惊讶于在这个地方居然有人知道他的真实姓名，想必他的真实身份也有人知道！他警觉地看了看四周，然后跟着经理绕到大堂的柜台后面，经理打开了一扇门进去了，邦德也跟着他进去后，经理马上关上了门。邦德进入房间后才看见一个瘦高个的人此时正站在文件柜前，他听到邦德进来的声音，转过身来。

他的相貌非常英俊，但是他没有右手，取而代之的则是一支银光闪闪的钢钩。邦德停下向前走的脚步，他的脸上突然露出了惊喜的表情。他说："嘿，老兄！你怎么会在这儿？"邦德走到那人面前，在那人的肩上亲热地、重重地捶了一拳。

邦德仔细地端详着这位许久不见的老朋友，感觉他的变化并不是特别大，只是他的脸上好像比以前多了一点皱纹。

这位神秘的经理助理，就是邦德曾经的战友赖特，他是美国中央情报局的情报员，以前的数次任务都是他和邦德合作完成的。

"您好，我是这座酒店的会计师，"赖特故意装作非常严肃地说,"我是蓝鸟酒店专门从摩根信托公司聘请来的。麦克先生,我希望你没有任何偷税漏税的行为。"

经过赖特的一番详细解释,邦德才明白,原来那位年轻的酒店经理坦弗·琼斯,也是美国中央情报局的一名情报员,他的原名叫尼科松。尼科松和赖特隐姓埋名到这座酒店里工作,主要是为了那个奇怪的股东亨特。事实上,正像邦德想的那样,亨特原来真是苏联间谍组织的高级情报人员,他主要是在加勒比海一带进行间谍工作。而那其他五个股东果然都是美国非常著名的黑社会的头目,赖特这次来牙买加的主要任务就是破坏以史科拉为首的这个组织,并且,如果情况允许,还要查出他们在这里究竟准备干什么。其实这项任务本来应该是联邦调查局的,但是,那六位股东中的萨基拉是美国目前势力最大的黑社会——黑手党的大头目,而且中央情报局最近还发现这个黑手党和苏联的克格勃在暗中接触,他们开始感觉到这件事情的情况非常严重,所以,中央情报局决定无论付出什么样的代价都要破坏他们之间的关系,就算要采用暗杀的方法也是可以考虑的!而且,尼科松还是电学方面的专家,他已经与史科拉放在会议室里的录音机搭了线,这样他们在会议中的所有谈话都可以秘密地用录音机录下来。

在这样危险的境遇里还能遇到两个战友,邦德现在真是有些喜出望外了。赖特和邦德已经合作过很多几次了,虽然他没有右手,而只有一个银光闪闪的钢钩,但是他左手的枪法却达到了出神入化的地步,而且在一些紧急关头,那把钢钩也能成为具有极强杀伤力的武器。

CHAPTER 8

/ 金枪出现 /

这天下午四点钟，六位股东相继走进会议室准备开会。史科拉则站在会议室的门口看看表，然后对邦德说："好了，老兄，一会儿会议一开始，你就把这道门关上，然后守在门口，记住，不能让任何人进来。就算是酒店着火了，你都不要去管。"说完，他转向站在旁边的一个侍者说："快滚吧，这没你的事了，有事再叫你。"接着，他也走进了会议室。他进去后，邦德就站在会议室的门口，仔细地记下来那些股东就座的顺序。随后，他关上了会议室的门，迅速地插上了插销，然后又关上了会议室外另一扇通向走廊的门。此时邦德待的地方是会议室和酒店大堂之间的一间小休息室。他走向休息室里的酒柜，从里面拿出一只喝香槟酒的杯子，然后拉了一张椅子坐到了会议室的门口。他尽可能地把杯口贴近门缝，手持杯座，把左耳朵贴在杯上。这样做，是因为杯子有扩音的效果，就像现在，邦德对会议室里的声音听得就非常清楚。他听见那个神秘的股东亨特正在说："……因此，我要马上向我在欧洲的上级报告……"

说到这儿，亨特突然停住了，邦德只听到里面"吱"的一声，他很清楚，这是椅子被搬动的声音。邦德立刻把自己的椅子悄悄地往后搬了几尺，然后若无其事地打开一本旅游手册放在膝盖上看了起来。邦德刚准备好这一切，门蓦然地开了，史科拉出现在了门口，他正在扭动门上的那把门匙。他静静地盯着邦德看了一会儿，但是并没有发现什么可疑的地方，于是便说："没什么，我只是随便看一看。"说完，他又一脚把门踢上。

邦德再次用钥匙把会议室的门锁上，然后又重新回到刚才的位置。亨特说："现在，我有一个非常重要的消息要报告给我们这次会议的主席，在报告之前，我必须说，这个消息的来源非常可靠。这个消息就是：目前，英国情报局派出了一个叫邦德的人来对付你，这个人现在正在四处打听你的下落。但是很可惜，我对这个人的相貌不是太清楚，还有，我的上级对他有非常高的评价。史科拉先生，你以前听说过这个邦德吗？"

史科拉不屑一顾地说："哼，没听说过！他们不会天真地以为我会怕他吧？要知道，他们的一些著名情报员可是经常栽在我手里。就在十天前，我刚刚干掉了一个他们派来对付我的人。那个人好像是本地的情报站长，叫洛斯，他的尸首现在还在千里达赖庇尔的一座沥青湖里泡着呢，没准什么时候千里达沥青公司就会生产出一桶带着人骨头的沥青！说下一个问题吧，亨特先生！"

"我还想了解一下我们这个组织最近在破坏蔗田方面采取了什么方法？有什么有效的措施吗？我记得六个月前我们开会的时候，这个想法只有我一个反对而你们都赞成，所以最后还是按照你们的想法执行的，此后，你们就在牙买加还有千里达等地放火烧蔗田，最后导致他们的蔗糖歉收，这样你们就可以提高糖价，你们从这里拿到的好处是走私的几十倍。也就是从那时候起，牙买加和千里达等地的蔗田就经常莫名其妙地失火。还有，我的上级听说在我们这个组织中的几个人，比如，除了我们这个组织的主席以外，还有洛克逊、白若德及萨基拉都趁这个大好机会，大量地将蔗糖购入，准备囤积居奇，到时候大捞一把……"

亨特的话还没说完，会议室里便响起了一阵愤怒的声音："我们为什么不能……？""他们为什么不能……？"接着，邦德又听到萨基拉提高嗓音喊道："妈的，难道我们赚钱也有错？我们当初成立这个组织不就是为了要多赚钱吗？现在我再问你一次，就像我六个月前所问的，你总提到的'上级'到底是谁？你们为什么如此强烈地反对糖价上涨？我看这里面一定是苏联在捣鬼。古巴是苏联最大的出口市场，包括这几天苏联要射向我们国家的那批飞弹，为的就是能够换取蔗糖。苏联人做生意向来就是非常刻薄的，即便是和'友邦'做交易，他们也总是想方设法占点儿便宜，最好能用少量的货物换取大量的蔗糖，对吧？亨特先生，你所说的上级该不会是苏联的赫鲁晓夫吧？"

史科拉突然狠狠地拍了一下桌子叫道："安静，请大家安静！"于是萨基拉勉强沉默了一会儿，然后他继续说道："其实，我们大家都明白，当初我们之所以要成立这个组织，最主要就是为了互相合作。既然这样，亨特先生，我们也向你交个底吧，我们成立这个组织，其实就是为了赚钱，我们的这种想法可以理解吧？说实话吧，我们在破坏蔗田的时候也付出了不小代价。我们派去放火烧蔗田的那些颓废派的人，他们都是一些瘾君子，他们所要的报酬就是给他们提供充足的鸦片烟。你要知道，这玩意儿现在卖得非常贵，我昨天到情人街又买了一些。因为在这方面要花钱，所以我们当然要找个机会好好赚一笔了。你说是这个道理吧？"

亨特说："你说的也有一定的道理，好吧，我一定会向我的上级报告你们的意见，但是，史科拉先生，我必须说明的一点就是，虽然我愿意把意见转达给上级，但是听不听还在于他们，我说了不算。另外我还想问问我们这间酒店的经营情况？"

此时大家都发出了赞同的声音。

听到这里，邦德已经把事情的来龙去脉全都搞明白了。原来亨特是想借史科拉在各国黑社会的广泛交际，想尽一切办法把更多的黑社会头目都聚在一起，表面上是为他们提供更多的海外赚钱的机会，可是实际上，真实的目的却是使他们在这种非法的交易里越陷越深，到最后他们就不得不为苏联的特务机关工作。邦德不由得感叹，这手段可真是够毒辣的！

史科拉在亨特说完话后又念了一大堆账目，最后他说："所以，各位，从目前的情况来看，我们必须还要再追加大概一千万元的资金，这笔钱就由每个人按股份的多少担负。"

六位股东中的洛克逊最先发难了，他愤愤不平地说道："我不同意。我们在最开始的时候已经投资了很大一笔钱，虽然我们砂糖方面赚到了一些钱，但是要让我们再投资我觉得非常困难，这样做我回去没法交代。"洛克逊在美国的拉斯维加斯曾经开了几间酒店，他在这方面的经验非常丰富，所以一下子就看出史科拉提的要求很不公平。

史科拉耐心地说："洛克逊，你现在要顾全大局，现在已经没有办法了，我们只能这样做。大家还有什么意见吗？"

亨特说："我说两句，我觉得这是非常公平的，我先来吧，我认购一百万。"

"好，我也和亨特一样，认购一百万。白若德，你呢？"史科拉说。

白若德有些不情愿，但是面对着今天这种局面，他也只能说："我也认购一百万吧。但是，这只能是最后一次了。"

"萨基拉先生，该您了？"

"我觉得这样做还是比较公平的。那么，把剩下的都摊在我头上吧。"

卡弗奇和博尔德同时露出了震惊的表情，他们不约而同地喊道："你放屁！我们也有份！"

博尔德说："但是，我们对洛克逊应该一视同仁，还是让他先要吧。老兄，你要多少？"

"我一个子儿也不会给的！等我一回到美国，我就找最好的律师来帮我打官司。你们别以为我会上当，想骗我？告诉你们，打错算盘了！"

一阵沉默之后，史科拉用他罕有的温柔的声音打破这尴尬的沉默："你知道吗？你刚刚犯了一个很严重的错误。你完全可以把这一笔损失算在赌场的税上，到时候受损失的不过是美国政府罢了。还有一点我要提醒你，当初我们成立这个组织的时候，我们都曾经发过誓：我们当中的任何人都不得做损害其他成员的事。你真的决定要跟我们打官司吗？"

"当然，我已经决定了！"

"那好吧，我只有让它来帮你改变这个决定了。"史科拉说。

邦德可以想象，这个时候，史科拉一定会拔出那把金枪干掉洛克逊。

接着，几乎就在史科拉刚说完话的一瞬间，会议室内突然传来一声枪响和惨叫声,然后,邦德听到一张椅子哗啦啦地翻倒在了地上,接着里面就是一阵死一般的寂静。几秒钟后,邦德听到萨基拉镇定地说:"我觉得,也只有这样才可以彻底地解决这次的利害冲突。放心,洛克逊在拉斯维加斯的朋友都不是爱管闲事的人,我想他们肯定会当作没发生这件事一样,不会追究的。金枪,你的枪法还真是准。不过,你打算怎么向美国那边解释这件事情?"

"这还不容易啊,"史科拉镇定地说,"我们就跟他们说洛克逊开完会就离开了,我们都以为他回拉斯维加斯了。可是不知道是怎么回事,他就失踪了。我知道,这间酒店后面的河里有几条鳄鱼,它们的胃口可是非常大的,饿起来的时候,它们连洛克逊的行李也能全吃下去。但是,今晚我需要有人帮我把他扔到后面的河里。白若德、博尔德,你们两个人怎样?"

博尔德连忙说:"金枪,你还是再找别人吧。要知道,我可是天主教徒呢!"

亨特说:"那我来帮你吧。反正我什么教都不信。"

"好吧,那就这样了。还有什么问题吗?如果各位没有问题的话,就散会吧,现在我们大家去喝点儿东西庆祝一下。"

卡弗奇说:"先别着急,金枪。你顾的那个人可靠吗?这枪声可不小,他听到了会不会有什么想法?"

史科拉哧哧地笑起来:"不用担心他。等我们在这里的事一结束,我就找机会干掉他。他是我在附近的一个村子里碰到的,我只是请他来暂时帮帮忙,我怎么会让他把我们的秘密泄露出去呢？要知道那些鳄鱼的胃口可是大得惊人，一个洛克逊怎么够？这小子正好可以当鳄鱼的餐后甜点，总之处理掉他的这件事就包在我身上，你们可以完全放心。我觉得，这人没准就是亨特说的那个邦德，不过我不在乎他是谁，反正我专门收拾邦德那样的人。总之，你们相信我就行了。"

邦德暗暗觉得好笑。他仿佛已经看见史科拉把金枪拿在手上晃着的动作。他赶紧拉开椅子，然后走到酒柜那儿，把香槟酒倒在立了大功的酒杯里，然后他悠闲地拿着酒杯，身子靠在酒吧台上，随手翻起旅行手册来。

"咔嚓"一声，会议室的门被史科拉用钥匙拧开了，他站在门口，若有所思地看着邦德，然后用手指摸着脸上的小胡子说："喂，老兄，免费的香槟应该喝够了吧？你现在去告诉酒店经理，就说洛克逊先生今天晚上要出去，到时候具体的细节由我来办理就可以了。还有，告诉经理，刚才开会的时候有一条保险丝烧断了，我现在要关上会议室的门好好检查一下，看看到底是什么地方出了问题。看完之后，咱们一起去喝酒、吃饭，然后看舞女跳舞。明白了吗？"

"明白了。"邦德回答说。

CHAPTER 9

/ 泄露身份 /

在酒店经理办公室里，邦德又把刚才在会议室里发生的一切向赖特及尼科松详细地讲述了一遍。最后，他们一致认为，有了会议室里录音带的证据，再加上邦德这个人证，他们完全有充分的把握把史科拉送上绞刑架。这天夜里，他们三人当中的一个人还要偷偷跑去看看史科拉怎样解决洛克逊的尸体，这也是为了将来指控亨特及卡弗奇等人犯同谋罪搜集证据。赖特和尼科松还为邦德现在这种危险的处境感到担心。赖特关心地对邦德说："千万记住，一定要枪不离身，要不然《泰晤士报》又要刊登你的讣告了。"

在这种紧张的气氛下，赖特幽默的话语还是使邦德笑了起来。这之后，他回到了自己的房中，先是坐在沙发里喝了两口威士忌，然后去浴室洗了个冷水澡，冲凉出来后他躺在床上，出神地望着天花板，好像在想什么问题。晚上八点半的时候，邦德离开了房间去餐厅吃晚餐。这天晚上的晚餐是在一片轻松的气氛中进行的，好像每一个人都对下午会议商讨的结果感到满意。除了史科拉和亨特以外，其余的几个股东都是一杯接一杯地喝了很多酒。邦德觉得自己在这个时候备受他们的冷落，好像每个人都在尽量避免和他讲话，回答他的问题的时候，也显得很不耐烦。

但是在仔细想想，这也合乎情理。史科拉已经对他宣判了死刑，当然也就不会有人愿意和他交朋友了。邦德心中的这口怨气让他感到实在难咽。

结束晚餐后，有乐队进入餐厅演奏。但是他们演奏的音乐死气沉沉，让人觉得很没有精神，一点儿也提不起情绪。这时，一个面容姣好但是衣服穿得非常多的女郎登台表演了，她一边跳舞一边演唱着一首非常粗俗的歌，好在歌词被她改得文雅了一些。在她的头上，有一枚菠萝形状的饰物。

邦德觉得这里的气氛憋闷极了，于是他站起身，走到史科拉身边，对他说："我的头有点痛，我想回房间休息一下。"

史科拉盯着邦德看了一会儿，然后把头摇得像拨浪鼓一样："这不行，肯定不行！如果你觉得现在的气氛不能提高你的情绪，你就应该自己想办法，但是要离开肯定不行。你不是说你对牙买加非常熟悉吗？你可以自己试试看哪！"

邦德哪里受过这样的奚落。他觉得大家好像都在看着他。恰好他刚才多喝了一点酒，于是他怒从胆边生，更想向这些人展示一下自己的身手，灭一灭这些大老粗的威风。但是，他没有想到，他这样做可能会对他现在的处境非常不利。其实比起耍威风，他更应该扮演一个懦弱无能的窝囊废，这样才能避免引起他们的疑心。但是邦德已经被愤怒冲昏了头，只听他冲动地说："史科拉先生，能给我一百块钱，再把你的枪借我用一下吗？"

史科拉坐在沙发上没有动，他非常诧异地看着邦德，心里充满了疑惑，但是他的脸上却和往常一样显示出镇定的神色。博尔德这时已经有些醉了，他站起来，醉醺醺地叫道："嘿，金枪，给他！我倒要看看他有什么本事！说不定这家伙真有一手呢！"

史科拉从上衣口袋里掏出钱包，从里面抽出一张钞票，然后慢慢地拔出那把金枪，将这两样东西并排放在了桌子上。只见邦德拿起枪，他扳开枪机，迅速将子弹推上枪膛。突然，他转过身，单膝跪倒，砰然放枪。这声突然而至的枪声在舞厅狭小的空间里显得格外的震耳欲聋。音乐骤然停止,酒吧里顿时安静了下来。舞女头上的那个假菠萝已经被邦德刚才的一枪给打碎了,那个舞女用手捂着脸,身子一软,就坐在了地上。酒吧的领班赶紧从吧台后面冲了出来。邦德从桌上拿起那张百元钞票,走到舞台的下面。他握住那个舞女的手臂,把她扶了起来,然后把钞票塞到她的手里,对她说:"你和我配合得非常不错,宝贝儿,别害怕,你现在没事了,我刚才瞄的是你头上菠萝的上一半。快去准备下一场的表演吧,去吧!"邦德拉着舞女在原地转了一圈,然后"啪"地在她的屁股上打了一巴掌。舞女惊恐地看了他一眼,然后飞快地跑进后台里去了。

随后,邦德走到乐队面前:"你们谁是主持?"

一个又高又瘦的黑人惊慌地站起来,他死死地盯着邦德手中的金枪,好像自己面对的是死神一样,他结结巴巴地说:"是……我,先生。"

"你叫什么?"

"怀特。"

"怀特,你必须知道,这不是什么救世军的晚会,你不用把气氛搞得那么严肃。"

史科拉和他的那些朋友们都喜欢一些刺激的东西,而且这种刺激必须是真正的刺激:"我一会儿叫人送点儿甜酒给你们,当然,你们要是想吸鸦片烟也可以。你们在这里可以想干什么就干什么,没有人会说出去的。还有,把刚才那个漂亮的小妞给我们叫回来,让她把衣服穿得越少越好,她唱《舔肚皮》的时候,必须唱原来的歌词,等到她唱完的时候,她和那些伴舞的都要把衣服脱光了,明白了吗?好了,快去准备吧,否则你别想得到一分钱!"

听到这儿,怀特和他的乐队都一扫刚才的愁苦,变得开心起来。怀特迫不及待地点头表示:"好的,好的,你放心吧,先生,我会照办的。"然后,他转向乐队的那些人说:"大家都卖力一点,现在,我先去找黛丝和那些伴舞的姑娘们,我得叫她们热情一点儿。"说完,他走进后台,而乐队又开始演奏起来了。

邦德走到史科拉身边,把金枪放在他面前。史科拉紧紧地盯着邦德,足足看了他有两分钟,才拿起桌子上的金枪,把枪插到腰间。然后,他慢悠悠地说:"我们找个好日子再来比试比试枪法,怎么样?我们距离二十步,生死由自己负责。"

"这当然没问题了,"邦德说,"不过,恐怕我的母亲是不会答应我这样做的。你能让人给乐队送点儿酒吗?他们那些人,没有酒就奏不出好的曲子。"说完,邦德回到自己的座位上。没有人注意他,因为除了史科拉以外的五个人都在聚精会神地听那首很淫秽的《舔肚皮》。四个有些胖但丰乳肥臀的舞女只穿着白色三角裤跑出了舞池,她们走近观众,在观众席间跳起了肚皮舞。卡弗奇和博尔德看得额上都冒出了豆大的汗珠。音乐在观众的掌声中结束了,四个舞女嘻嘻哈哈地跑下场去。灯光瞬间暗了下来,只剩下舞池中间圆圆的一盏灯光还在亮着。乐队的鼓手忽然加快了演奏的节奏,这时,台上的一扇门打开了,一个看上去很奇怪的东西被推到了光影中。那好像是一支巨手,最高的地方大概有六尺,而且还用黑皮包着。这个巨手的手掌是向上直立的,半开半合，手指努力伸张着，好像是要准备捉住什么。鼓手敲鼓点敲得更急了。那扇门又打开了，一个浑身闪闪发亮的女人走了出来，她在黑暗中停了一下，随即便移进了光影中，她绕着巨手，一耸一耸地跳着舞。这个女人的身上一丝不挂，只在上面涂了一层橄榄油，这使得她的皮肤在黑手的映衬之下，显得像凝脂一样白嫩。她一边绕着那只黑色巨手跳舞，一边做出陶醉其中的样子，其神态淫猥至极，邦德注意到史科拉也像其他人一样，看得全神贯注，他的两只眼睛简直都眯成了一条小细缝。鼓手的节奏在此时已经达到了最高潮，那女人随着鼓点装出了一副欲仙欲死的样子，最后她性感地一耸，便跑进了门里。节目到此也就结束了。

灯光又亮了，在人群中爆发出了一阵热烈的掌声和欢呼声。大家好像已经从刚才那如痴如醉的状态中清醒过来了。史科拉把乐队的领班招过来，从钱包里取出一张钞票交给他，又对他低声说了几句什么。邦德猜想，史科拉应该已经选定了那个女人今晚陪他睡觉了。

经过刚才那个节目之后，观众都变得放纵起来。刚才那四个胖女人开始表演凌波舞，而被邦德当枪靶的那个女人则在陶醉地演唱。

除了亨特以外，其余的四个人全部跑到舞池里，好像狗熊一样抱着那些女人。几分钟后，邦德借口出去上厕所，准备溜走。

史科拉当时并没有注意他，但是亨特却一直在用冰冷的目光盯着他。

CHAPTER 10

/ 冒死送信 /

邦德回到自己的房间的时候，已经是午夜了。房间里的窗户已经被服务员关上，冷气正开着。他进屋先关了冷气，洗完澡后，他便躺到床上，此时的他比刚才冷静了许多，他对刚才耍枪的行为感到非常后悔，但是事情已经发生了，后悔没有用了。想着，想着，他便昏昏入睡了，他梦见月光下三个穿黑色衣服的人抱着一大包东西，走向水边。水面黑黑的，所以能清楚地看到鳄鱼白森森的牙齿，它们"咯咯"地咬碎骨头，水面掀起了一阵浪花。

邦德被这可怕的梦吓醒了，他看看手表的夜光指针，此时已经凌晨三点半了。突然从窗帘后面传来"咯咯"的声音。邦德心里一紧，他从枕下取了手枪，悄悄地爬下床，贴着墙边轻轻地走到窗帘边。突然，他猛地一把拉开窗帘，却只看见一团金色的头发。原来这个人是玛丽。玛丽着急地低声说："快，邦德！快拉我一把！"

真是活见鬼！邦德暗暗在心里咒骂了一句。她这是在搞什么？但是，时间不容许他有更多的牢骚，邦德马上把枪放在了地毯上，然后伸手拉住玛丽的手，使劲把她拉到了屋里。玛丽刚越过窗沿，她的鞋跟就绊着了窗框，邦德没有看到这个情况，他快速地把窗子关上，这下，关窗子的声音响得就像放了枪一样。邦德又在心里咒骂了一句。玛丽也只能低声说："对不起，邦德！"

邦德用手轻轻地捂住玛丽的嘴，他弯腰把枪捡起来，重新放回枕头底下，然后带着玛丽去了浴室。一进浴室，邦德就打开了灯，但是为了安全起见，他还是小心地拉上了窗帘。这时他才意识到，自己身上竟然一丝不挂。他连忙说："对不起，玛丽。"随即便迅速地拿了一条浴巾，围在了腰上，然后在浴缸边坐下来，同时做了个手势,示意玛丽也坐下,他问道:"这么晚了,你到这里来干什么,玛丽?"

玛丽急促地说:"我实在想不到别的办法了。我必须要把你找到。我在那个……呃,那个可怕的地方见到一个女人,她说你在这里,我就开车来找你了。你放心,我没有把车子开到酒店,我是把车子停在一个比较远的地方以后,摸黑步行来到这里。别的屋子里都有灯光,我只要贴着耳朵一听,就知道你根本就不在那些房间里。后来我看见这个房间的窗子是打开着的,我知道只有你才会开着窗子睡觉,所以我就冒险敲了。"

"不管怎么说,你现在得马上离开,这里非常危险。你大老远跑来,到底有什么紧急的事?"

"昨天晚上,不,确切地说应该是今天凌晨,总部传来了急电,命令我们要不惜一切代价转给你。急电里说,有一个叫亨特的克格勃高层人员也在这里。总部命令你必须要避开他,因为他来这里的最大任务就是杀掉你。我仔细想了想你问我的那些问题,还有你叫我做的那些事,我就猜到你一定找到了金枪人,但是你却不知道亨特也正在四处找你。"

玛丽犹犹豫豫地伸出一只手,她好像希望邦德能肯定她的做法。但是邦德此时显得有些心不在焉,他一面接过玛丽的手,在上面轻轻地拍拍,一面思考着玛丽带来的这个突然的变故。他说:"总部的消息很准确,亨特的确是在这里,金枪人也在这里。我还有一件事要告诉你,洛斯已经被史科拉杀害了。"玛丽听到这儿,不禁用手捂住嘴。邦德继续说:"如果你能安全地离开这里,你就把这件事报告给总部。至于那个克格勃派来的亨特嘛，问题暂时不是很大，他现在好像还没有把握确定我到底是不是邦德。"

"现在，位于莫斯科的克格勃总部已经把你称为'声名狼藉的邦德'，但亨特认为这并不能说明什么问题，所以，他已经在两天前向他们的总部要求提供关于你的相貌的详细描述。克格勃总部的回电随时都可能传到这里。现在你明白我为什么非要找到你不可了吧，邦德？"

"我明白了。谢谢你，玛丽。现在我必须要把你放回到窗子外面，然后你自己再想办法离开酒店。不要担心我，相信我能处理好这里的一切。而且，告诉你一个秘密，我在这里还有帮手，"邦德告诉了玛丽关于赖特和尼科松的事，"你回去就报告总部，说你已经向我传达了消息，并且告诉他们，美国中央情报局有两个情报人员和我在一起，总部可以直接和中央情报局联系。明白了吗？"说完，他站起身来。

玛丽也跟着站起来，仰头看着邦德："你自己要多加小心，知道吗？"

"好了，我知道了。"邦德拍拍玛丽的肩膀，然后转身打开浴室门，"来吧，希望上帝能够保佑我们！"

此时，床头传来了冷漠的声音："哼，很不幸，上帝今天好像并不与你们同在，老兄，走过来，你们两个都用手抱住头！"

邦德和玛丽见此情景，不得不服从他的命令。

史科拉走到房间门口，打开了灯。他赤裸着上身，下身只穿着一条短裤，枪袋挂在他左胸下。那奇特的第三只乳头就像枪眼一样。而他的金枪正不偏不斜地对着邦德。

CHAPTER 11

/ 假未婚妻 /

邦德简直被眼前的景象惊呆了,他疑惑地看看史科拉,又看了看门口的地毯,发现那块塞在门下的三角扁树皮并没有被移开的痕迹。邦德敢肯定,如果没有人帮他,史科拉断然不可能爬窗进入房间。那么他到底是怎么进来的呢?忽然,邦德发现他的衣柜的门是打开的,而从衣柜的门往里看去,正好能看到邻室的灯光,邦德立刻明白这是一道最简单的暗门,但是在邦德这边却不是轻易能看得出来的,而在隔壁房间看,这可能就是一扇锁着的太平门。

史科拉慢慢地走到房间的中央,他轻蔑地打量着邦德和玛丽。他说:"你屋里什么时候出来个女人?你以前一直把她藏在什么地方?你们刚才为什么要躲在浴室里说话?"

邦德说:"别误会,她是我的未婚妻,一直在金斯顿的英国领事馆做翻译,她叫玛丽。她听说我去了情人街,所以就去找我,听那里的人说我在这里,她就找了来。她是特地来告诉我:我的母亲不小心在家中跌了一跤,现在正在伦敦的医院里接受治疗,她的伤势非常严重。她难道不可以来告诉我这个不幸的消息吗?而你,又凭什么半夜三更在我的房间里挥舞着枪?你刚才说的那些难听的话,劝你不要再在我面前讲了!"

邦德心里为这一连串出色的台词而得意,他又决定趁现在这个大好的机会赶紧把玛丽弄走。他把抱着头的手放下,对玛丽说:"把手放下来吧,玛丽。史科拉先生一定是以为有小偷翻窗子进来才会这样的。你等一下,我穿好衣服以后就马上送你回你的车上去。从这里到金斯顿要走挺远的呢,我觉得你还是在这儿过一夜吧！史科拉先生一定会给你安排一间合适的房间。"他转向史科拉，"没关系，我来付房租。"

玛丽也很默契地配合邦德，她把手放下来，然后拿起丢在床上的手袋，故作羞赧地从里面拿出梳子，一边梳头发，一边说："别麻烦了，亲爱的，我必须要走了。如果明天早上迟到那就麻烦了。领事馆下午还要请客参加宴会呢，你也知道，阿力山大爵士还是比较喜欢我安排的。"她又妩媚地转向史科拉，"而且，我还得应酬，因为这次领事馆请了十三个客人，所以爵士坚持让我作陪，这样好凑足十四个人。其实，我也很希望能在这里和你一起过夜，但是，你应该知道，今天晚上要是没睡好，明天我的脸色一定会很难看。对不起，唔……屎壳郎先生（她把史科拉错念成"屎壳郎"），非常抱歉，打扰了您的睡眠。"她非常镇定地对邦德说："你也回去睡觉吧，我亲爱的未婚夫，放心吧，我会照顾好自己的。再见！呃，屎……屎壳郎先生……"

邦德暗自庆幸玛丽的表演简直恰到好处，让人实在找不出什么破绽。但是史科拉也不是那么好骗，他发现玛丽已经快要挡住他的枪了，他赶紧侧身上前一步，说："千万别动，小姐。还有你，伙计，也给我站着别动。"玛丽愤怒地看着史科拉，好像在说："啊，怎么会有这么无礼的美国人呢！"史科拉用金枪牢牢地指住他们二人，对邦德说："好吧，我就相信你们这一次。让她从窗户出去吧，我有话跟你说。"说完，他对着玛丽把枪一挥，"好了，你现在可以走了，以后不许你再到这里来乱闯。我可不管什么爵士不爵士，在我这儿，还轮不到他来指手画脚，知道吗？

快走吧！"

玛丽冷冷地说："那好吧，我回去一定转告爵士！"

邦德阻止了玛丽的话，不让她演得太过火。然后赶紧对她说："快走吧，玛丽。告诉妈妈，我在这儿的工作还有一两天就可以结束了，等我回到金斯顿，我就会打电话给她。"他扶她出了窗外，玛丽挥挥手，便跑过了草坪。邦德看着玛丽消失的背影，松了好大一口气。他没有想到事情能解决得这么顺利。

他慢慢踱到床边，一屁股坐在枕头上，这使得他仿佛能感觉到枕下的那把枪。

现在，邦德的心里轻松多了。他望着仍然站在屋子里的史科拉，看见他已经把枪插回到枪袋中。

史科拉懒散地靠在衣柜上，他不时地用手抚弄着嘴边的小胡须，说："我认为，那个英国领事馆里肯定有你们情报部的工作人员。麦克先生，你不会就是那个邦德吧？你今天在舞厅真是让我大开眼界，你的枪法表演得快速如神。我记得我好像曾经看到过对那个邦德的介绍，说他是个神枪手。我听说，那家伙已经到了加勒比海这一带，现在正在四处找我。麦克先生，你觉得这是巧合吗？"

邦德装作不以为然地笑起来："我还以为在'二战'以后，情报部就没有什么作用了呢，今天你又让我学到了一些知识。但是，你要我改变自己的身份，变成那个什么邦德，这肯定不可能的。如果你不相信我，你可以打电话到法郎姆，你可以问问晓高经理，看看我究竟是谁？像你说的邦德那种人怎么可能会到情人街那种地方去鬼混呢？再说，难道你得罪他了？不然他为什么要四处找你呢？"

史科拉一言不发，他盯着邦德看了半天，最后说："也许这个邦德想上一堂枪法课。我倒是很愿意教教他。但是，有一点你讲得非常有道理，像邦德那样的人是不会去情人街那种地方的，但是我在情人街遇到了你，这似乎太巧了。我一开始就感觉出你身上有一股警探的味道。刚才那个女人是谁，你自己心里最清楚。在浴室里谈话，只有情报员会这么做。除非，你是要剥光她的衣服。"他皱了皱眉头。

邦德毫不示弱："那又怎么样？你跟那个舞女又都干了些什么好事？总不会在一起不睡觉打麻将吧？"邦德站起来，显得非常生气而且还很不耐烦，"史科拉先生，请你听着，我受够你的窝囊气，请你以后别再来跟我过不去了。你动不动就挥动你那把破手枪，还说什么情报部门，你难道想让我跪下来向你叩头认罪不成？告诉你，办不到。如果你对我不满意，那么赶紧拿钱来，我马上走人。"

史科拉皮笑肉不笑地说："过不了多长时间你就会知道我到底想怎么样，"他耸耸肩，"今天这件事就先算了，但是你给我记住，如果你的真实身份是那个邦德的话，我将会把你捏成碎片，知道吗？好了，你先去睡觉吧，明天早上十点的时候我还要和亨特先生开会呢，到时候你还要负责会议室周围的安全，不要让任何人来打搅我们。然后，我们再一起坐火车到海边去。你要负责打点之前的一系列准备工作，明天一早还要通知经理，好吧，明天见！"

史科拉说完就钻进了衣柜，他推开邦德的衣服，进去了，咯吱一声，柜子的门关上了。

邦德站起来，长舒了一口气，然后走进浴室去冲冷水澡了。

CHAPTER 12

/ 宣判死刑 /

如果没有特殊情况，邦德每天会在六点半准时起床。这是他长期养成的良好习惯。这天早上，他也像往常一样，按时醒来，起床后他穿上游泳裤，游了一会儿泳。七点十五分的时候，他看见史科拉从酒店里出来，他后面还跟着一个手拿毛巾的侍者。邦德知道，史科拉每天早上都要在弹床上做柔软操，这是他的习惯。想到这儿，他赶紧向岸边游去。上岸后，邦德从酒店的正门进入酒店，迅速回到他的房间。他走到窗前，看见史科拉还在做着柔软操，于是他拿了尼科松交给他的那把钥匙，快速走到史科拉的房间门口，打开门进去。一进门，邦德就看见史科拉的金枪放在床头的梳妆台上。他连忙走过去拿起枪，取出里面弹膛中的第一粒子弹，然后又把枪原封不动地放回到梳妆台上。干完这些，他轻轻地走到门口，警惕地贴在门上听听，然后闪身而出，回到自己的房间后，邦德又走到窗前去看，史科拉仍然在做着柔软操。邦德刚才之所以从金枪里偷出那一粒子弹，就是想用这种方法减慢史科拉的射击速度，只有这样邦德才有可能保住自己的性命。他心里非常清楚，他的假身份用不了多久就会被拆穿了，到时候，这里的所有人都会知道他就是邦德。到那时，他必须单枪对付六名神枪手，这其中也包括那位世界上最快的枪手史科拉。因此，他要争取每一个可以获胜的机会。此刻，他非常兴奋，并没有因为危机四伏而感到惶恐不安。

酒店的早餐一向都是非常丰盛的，邦德吃得津津有味。吃完早餐回到房间后，邦德又故意把马桶水箱里浮球的针拔下来，然后借口通知修水箱而往经理办公室走去。

赖特正在办公室值班。他看见邦德进来,于是朝邦德礼貌地笑一笑,说:"早安,麦克先生,请问您有什么事情吗?"赖特说着话的时候,眼睛一直盯着邦德的身后。还没等到邦德说话,亨特就出现在了办公室里。

赖特又向亨特打招呼:"早安。"

亨特僵硬地点点头说:"电话接线员刚才告诉我,说有一个从哈瓦那来的长途找我。我想问一下,在什么地方接听电话可以不被别人窃听?"

"在你的房间里不行吗?"

"那儿不够秘密。"亨特说。

邦德猜想亨特一定是发现电话里藏有窃听器了。

赖特表现得非常热心,他赶紧从柜台后面走出来:"跟我来吧,先生。大厅的电话间是隔音的。"

亨特并没有动,只是站在原地,冷冷地看着赖特:"那么电话呢?能保证不被窃听吗?"

赖特装作听不懂他的话的样子,恭恭敬敬地说:"对不起,先生,我不太明白你的意思。大厅的电话当然是和总机相通的了。"

"算了,那就请你带我去吧!"亨特跟着赖特到了大厅的角落,进了电话间。他小心地开了门,然后拿起听筒,对着话筒讲了几句,但是他的目光一直追随着邦德!

赖特看着亨特进了电话间后,就回到了柜台前。

"您刚才说什么,先生,请您继续吧?"

"我房间里抽水马桶的水箱坏了。我想问问还有没有别的卫生间可以使用。"邦德说。这是他事先和赖特定好的一个暗号，这句话的意思就是有紧急情况，需要找个安全的地方好好谈谈。

"对不起，先生，我现在马上找人去修。在大厅的拐角处也有卫生间，但是还没有装修好，所以就没有对外使用，不过您暂时用用还是没问题的。"说完，他又压低嗓子："那里有门能通到我的办公室，你十分钟以后再进来，我先放录音带，听听那个狗杂种在电话里说的是什么。"

随即，他微微一鞠躬："请您稍候，先生，我立刻就派人去办这件事。"

邦德点头道谢，然后走开了。亨特依然在电话亭里打电话，但是他的眼睛还是一刻不停地盯着邦德。邦德猜想一定是克格勃来电话了！他随手拿起一份旧的《华尔街导报》，趁人不注意，他小心地在报纸的中间戳了一个洞，然后他举起报纸，希望通过这个小洞观察亨特的一举一动。

亨特一边打电话，一边注视着邦德。突然他放下电话，走出了电话间，他的脸上冒出了大滴大滴的汗珠。他边走边取出一块干净的手帕擦拭脸上和脖子上的汗水。

尼科松朝着大厅走来，他向邦德微微点了点头，便走到柜台后面值班去了。这个时候是八点三十分了。五分钟以后，赖特从办公室里走出来。他附在尼科松的耳边嘀咕了几句，就朝着邦德走过来，他的脸色非常难看："先生，请跟我来吧！"他警惕地领着邦德穿过大厅，打开了男卫生间的门，让邦德先进去，然后从里面关上门。

"邦德，他们是用俄语交谈的，在他们的谈话中老是提起你的名字还有你的编号，我觉得你必须马上离开这里，越快越好。"

邦德冷笑道："没关系，现在我至少知己知彼，也算有了一项微弱的优势。你知道吗，亨特其实是克格勃派来干掉我的。他的上级可以说是对我恨之入骨啊，有时间我再跟你说这其中原因。"他还简单地跟赖特说了玛丽的事，赖特的眉头一直紧皱着。邦德最后对赖特说："就算我现在离开这也没有什么用了。今天上午十点钟的时候，史科拉还要和亨特单独开会，到时候，我还可以偷听他们到底想怎么对付我。会后他们还要让我跟着坐火车到海边，依我看，史科拉是想用这个机会把我干掉。现在，你和尼科松最好能赶快想个阻止他们的火车开出去的办法，。"

赖特沉思了一会儿，忽然眼睛一亮，他兴奋地说："我知道他们今天下午的一切安排。他们是想先乘小火车穿过蔗田，然后再坐船出祁岛港去钓海鱼。要知道，他们的出行路线可是我安排的。"赖特说着便不由自主地伸出左手的拇指，去摸右手上钢钩的钩尖，"对了，咱们这次动作一定要快，如果运气好的话，我还得赶快到法郎姆去，我们可以向你的朋友晓高要些日用品。他会给我的吧？我想最好还是你写一张条子给他。从这里开车去找他大概需要半个钟头，尼科松可以代替我值班。跟我来。"他打开办公室里一侧的门，走进了自己的办公室，然后招手叫邦德进去，并且从里面把门关上。

邦德进办公室后写了张条子给西印度糖业公司的经理晓高，然后回到刚开始他去的那间洗手间，他整理整理衣服，从洗手间的门又出去，回到自己的房间后，他坐在沙发上，喝了一大口威士忌，然后呆呆地望着窗外，想象着自己怎么才能在被众多枪口瞄准之下迅速把枪拔出来。

他叹了一口气，重新回到现实。这时已经九点五十了。他从沙发上站起来，两只手搓搓脸颊，然后走出房间，沿着走廊向会议室走去。

CHAPTER 13

/ 危险来临 /

邦德走进会议室的时候，发现里面的情形和头一天几乎没有什么变化，只是比昨天略微整洁了一些。昨天那些歪七扭八的椅子已经摆回到原来的位置，但是摆得并不是非常整齐。烟灰缸里还留有上次会议剩下的烟头烟灰。地毯上并没有血迹，也没有任何被清洗过的迹象。洛克逊很有可能是被一枪击中了心脏。要知道，史科拉使用的那种软头子弹在人体内的杀伤力是非常大的，这种子弹会在体内爆炸，碎片不会穿过体内，所以也就不会流血了。

邦德绕着桌子走了一圈，装作正在把椅子摆好的样子。他发现史科拉对面的椅子少了一条腿，所以他断定洛克逊被枪杀的时候，一定是坐在这个位置的。他还认真地检验了一遍窗户，又看了看窗帘的后面。不一会儿，史科拉就进来了，他的后面还跟着亨特。史科拉一进屋就粗声粗气地对邦德说："好了，麦克先生，就像昨天一样，把这两道门都锁上。不准任何人进来，知道吗？"

"放心吧！"邦德答应道。当他经过亨特身边的时候，十分自然地说："您好，昨晚玩得愉快吗？"

亨特只是礼貌性地点一点头，没有说话，眼睛鼓得像一块大理石。

邦德走了出去，在外面锁上了会议室内外两道门，又拉过一把椅子坐在会议室的门口，就像上次一样，继续用酒杯对着门缝偷听。邦德把门关上后，亨特就马上对史科拉说："我现在要告诉你一个非常不妙的消息。今天早上，我的上级已经答复了我，这个人，"邦德估计他向房门指了指，"正是邦德，就是那个英国情报员，这一点毫无疑问。因为他们向我详细描述了邦德的相貌特征。而且，这个人今天早上去游泳的时候，我用望远镜仔细看过了他的身体，他身上的那些伤痕都清晰可见，右边脸上的伤疤和上级向我描述的完全吻合。还有，他昨晚还表演了一系列绝妙的枪法，这个傻瓜肯定还自以为很得意呢！"他像是从牙缝里挤出这几个字。稍倾，他又恢复了刚开始说话的那种语调，"但是，史科拉，你又是怎么回事？你怎么可以眼睁睁地看着这件事情在你眼前发生呢？上级对你的这个错误感到非常不解。如果不是他们及时向我说明邦德的情况，这样发展下去，后果是很难想象的。你不想解释解释吗？回去，我还要向上级详细报告的。"

邦德清楚地听见里面有划火柴的声音，他可以想象到，一定是史科拉又用他的鼻子来抽烟了。

史科拉冷静地回答："亨特先生，我很感谢组织对这件事情这么关注，我很佩服他们的消息这么的灵通。但是请您务必转告您的上级，我和这个人完全是在偶然的情况下意外相识的。事到如今，我们也用不着后悔了。你也应该知道，开一个这样的会并不是一件很容易的事，我需要有人给我帮忙。为此，我还特地从美国请来两个帮手，他们都干得非常不错。但是我还需要一个助手处理日常的一些琐碎事务。后来我偶然认识了这家伙，我当时只是觉得他干这件事非常合适，所以就带他来了。可是我也不是傻瓜，我事先就已经想好，等这件事过后我就会把他干掉，以防他把在这里看到的一切都泄露出去。现在，你告诉我他是那个情报员邦德。其实我在会议开始的时候就跟你说过，我从来就不把这类人放在眼里。不过听了你刚才提供的消息，我还是觉得应该对我的计划做一个小小的改变,也就是说,我要把他的死刑提前一天,不用让他等到明天了。我打算这样……"史科拉压低了声音。邦德使劲贴在门上也只能听到断断续续的片段,"野餐……田里的老鼠……这是意外……动手前……细节……我安排……有趣的!"史科拉说完这些,一定是又像刚开始谈话那样坐好了,因为他现在的声音又恢复了正常,"你不用担忧了。这个人今天晚上就会从这个世界消失,现在你满意了吧?要是按照我原来的想法,我现在一开门就能打死他,但是上次我们已经说这个屋子里的保险丝坏了,要是现在再坏一次,肯定会让别人起疑心的。况且,我觉得要是用那个办法来解决他,我们还可以在路上开开心。"

亨特的声音听起来还像平时一样,一本正经:"好吧,这的确是个好办法,我很高兴能看到你去完成这个计划。现在我们再谈一些别的事情。登子计划……"亨特和史科拉开始商量怎样才能使美国国内的黑人发生暴动,如何把鸦片运到美国用来毒化美国人等。随后他们的秘密会谈就结束了。

邦德赶紧推开椅子,用毛巾把自己耳朵上和杯子底部的汗擦干净。他觉得这一切实在是难以忍受。他听到的可是宣判自己死期的消息啊!而且他现在才明白,原来克格勃是想借史科拉之手在美国实施一系列骇人听闻的罪恶活动。这些都是具有极高价值的机密,但是他们能让他活着把这些消息带出去吗?

忽然,史科拉拉开了会议室的门。邦德赶紧装作打呵欠的样子来掩饰刚才的慌乱。

CHAPTER 14

/ 决战时刻 /

中午十二点的时候，来参加会议的所有股东都聚焦到了大厅。史科拉头上戴着一顶阔边的白帽子，看上去就像一个穿着非常讲究的美国南部农场主。亨特则还是那一身老式西服，只是头上比来的时候多了一顶毡帽。其他四个黑社会头子都是穿的长裤，上身只穿了一件花花绿绿的夏威夷衫。邦德心里暗暗高兴，因为这种夏威夷衫会让他们在拔枪的时候非常不方便。外面已经停了好几部汽车，史科拉的红色蓝鸟排在车队的最前边。史科拉向酒店登记处的柜台走去。尼科松赶紧巴结地搓着手迎上去。史科拉说："都弄好了吗？东西都装上火车了吗？你向祁岛港方面打过招呼了吗？好，你干得不错。你那个助手呢？我今天好像没看见他？"

尼科松耸耸肩，说："他的牙出了一点儿毛病，他说很痛，到萨方莱姆拔牙去了，不过他说下午就能回来。"

"太遗憾，这要扣他半天工资。告诉他，酒店是不许员工偷懒的，我们这里本来人手就不够用。他应该把牙弄好了再来上班。明白吗？"

"是，史科拉先生。我会向他转达您的意思。"

史科拉点点头，转向他的客人们："大家听着，我们下面的活动顺序是先坐汽车到火车站，然后去坐小火车。我们将坐火车穿过一大片蔗田，然后就能到祁岛港。沿途我们可以看见很多飞鸟、树林和老鼠，那边的河里还有鳄鱼。我们还可以顺便打猎，在那里我们可以尽兴地放枪。你们都带枪了吗？好，很好。等我们到了祁岛之后，我们就在那里吃午饭，喝香槟。午饭后，我们还可以乘'神女号'潜艇到海上游泳，然后再到对岸的一个小镇上去吃晚饭。最后回酒店来吃夜宵。对于这样的安排，大家有什么意见吗？那我们就动身吧！"

邦德按照史科拉的吩咐和他同乘一辆车，都坐在后排。这是邦德可以在背后干掉史科拉的大好机会，不动手实在非常可惜！但是这里很空旷，他们的后面还有四个枪手跟着，形势对邦德很不利。邦德一直很纳闷，不知他们究竟想怎样除掉他。他猜想，大概是趁打猎的时候再动手吧！邦德现在只觉得有点儿兴奋，因为总算等到最后摊牌的时候了，他再也用不着整天神经兮兮地警惕周围的一切。但是，他有赢的可能吗？他目前只是事先知道他们会杀掉他，而敌人的优势是他们有很多人。邦德光对付史科拉一个人就已经很艰难了。而且，这些人在武器上也占有着一定优势。虽然史科拉的金枪拔出的速度可能会稍慢一点，但是枪管的长度在准确度上的优势则可以弥补这点不足。好在邦德已经趁他不注意的时候做了手脚，但愿史科拉一直没有发现这一点。至于心理上的准备，由于邦德现在处于被动之势，所以到时难免会紧张一些，现在的他需要的是沉着冷静。另外，邦德强烈的求生本能会让他在作战中更加拼命，而史科拉杀掉他的目的纯粹是为了好玩。

邦德此时越想越激动，他身体里的血液似乎要沸腾起来了，他的脉搏开始急促地跳动。邦德在尽量用深呼吸的方法使自己放松。此时他才发现，他的身子是挺直的，而且还微微向前倾，于是他往后靠了靠希望能帮助松弛肌肉。

这个火车站是模仿美国发达城市的火车站建造的，装饰得非常豪华而且古色古香。小火车的车头被漆成了黑色，那一圈被打磨得丝尘不染的黄铜边在阳光的照耀下闪闪发光。车头的烟囱不时地冒出一股股黑烟。火车头侧面一个漂亮的铜牌上刻着这辆火车的名字——"铁路之花一号"。和别的火车不一样，这个火车的车头后面只有一节车厢，而且还是敞篷的，车厢里的座椅都嵌着乳胶，车顶上支着曲边的帆布用来遮阳光。

史科拉显得有些得意："朋友们，待会儿哨子一响咱们就上车！"说完他拨出金枪。邦德一看这种情形，不由得有些失望。只见史科拉拿着金枪，对着天空扣动了扳机。空枪。史科拉稍微迟疑了一下，又再次扣动了扳机。这下，沉闷的枪声响彻天空。火车站的管理员被这种场景吓住了，他急忙把表放回口袋里，退后。史科拉拿着枪仔细看了看，又饶有意味地看着邦德，说："朋友，你到前面跟司机坐一起吧！"

邦德微笑："谢谢了。我从小就想象着这样坐在火车头里，多好玩！"

大家在各自的位子上坐好。火车便开动了。

火车的汽笛一声长鸣，呼呼地喘着气，沿着铁路慢慢地加速前进，邦德这时才第一次打量了一下身边的司机，觉得他的样子非常奇怪，身上穿着肮脏的工作服不说，额头上还绑了条布吸汗。感觉他应该是一个嬉皮士，上唇还蓄着细细的小胡子，下巴上则是很长的大胡子，嘴里叼着一根香烟。从他身上散发出一股非常难闻的气味。邦德主动说："你好，我叫麦克，你呢？"

"别废话，白鬼！"

邦德说:"天啊,我原以为你的人生信条是'仁慈为上'呢!"

这次司机没有理他,而是使劲拉了一下汽笛。汽笛声过去后,他才闷声说了一句:"呸!"

邦德装作漫不经心的样子,向车厢里望望。发现司机手边的架子上放了一把牙买加猎刀,这把猎刀被磨得铮亮。邦德心想:他们是准备用这把刀子杀死他吗?应该不会呀!史科拉干这些事一向都干得很体面,而且,他肯定要亲自动手,这样他的金枪才不会受冷落。第二刽子手肯定就是亨特。邦德边想着边向车厢望去,正好和亨特目光相遇。邦德大声地向亨特喊道:"很好玩,是吗?"亨特没有理他,而是将眼光挪开,又移回来。

邦德曾经在酒店里仔细研究过这附近的地形。他非常清楚这条小小的铁路能通到哪里。他们现在正在穿过一段五英里长的蔗田,然后他们就要过一条河,过河以后就是一大片沼泽地,然后又是一大片蔗田,最后就到了祁岛港口。

突然"嗤"的一声,邦德的头边飞过一颗子弹,邦德听见史科拉哈哈大笑道:"真是不好意思,我还以为是一只老鼠呢。"接着说,"嘿,麦克,让我们再欣赏一下你的枪法吧!看见了吗?前面有几只牛在吃草,看看你能不能在十步以内打中一头牛!"

那四个黑社会的头头们都随着史科拉哈哈大笑起来。邦德把头伸出了窗外。此时,史科拉已经把枪放在了膝盖上,他用眼角看见坐在他后面的亨特正把手伸进上衣口袋里。邦德喊道:"我打猎有个习惯,从来不打我吃不下的动物。如果你能吃下一整头牛,我就帮你把它打下来。"

邦德刚说完，史科拉又放了一枪，他哈哈大笑："小心你的嘴巴，英国佬，要不然，恐怕你的嘴巴就保不住了！"

远处的一段铁路上有一团粉红色的东西。火车开始慢下来，但是随后又有两声枪响了，子弹打中了司机头上的铁盖。史科拉愤怒地喊道："妈的！你不想活了吧？不能减速，继续给我开！"

司机连忙又将火车的速度恢复到二十英里。邦德向火车前方望去，那团粉红色的东西是一个长着满头金发的裸体，是一个女人的裸体！

这时，史科拉洪亮的声音又响起了："听着，看见前面了吗？有一个裸体女人被绑在了铁路上。你们不知道她是谁吧？她就是那个讨厌的邦德的女朋友，名字叫玛丽。我想她现在是死定了。要是那个叫邦德的可怜鬼在火车上的话，我想我们肯定能听到他向我们求饶的！"

邦德赶紧跳过去夺过司机手中的操纵杆扳起来。于是，火车头放出一阵蒸汽，但他们距离玛丽只有一百码了，现在唯一能救她的就是史科拉手里控制的那个刹车柄。邦德知道，他现在已经没有办法救玛丽了，而且他也很清楚，史科拉一定会以为他要往煤箱的右面跳去救玛丽。所以他突然向煤箱的左边跳去。亨特此时已经拔出了手枪，但是还没等他扣动扳机，邦德已经抢先一步，对准他两只眼睛的中间开了一枪。亨特向后一仰，倒地而亡。史科拉又开了两枪，一颗子弹弹进车头里，很不幸，正好射进了司机的脖子。司机捂着喉咙尖叫一声向后倒去，但是他的手还是紧紧地拉着汽笛，于是火车就在这哀鸣般的声音里继续前进。还剩五十码了！邦德已经毫无办法了，他只有咬紧牙关，等待着相撞的那一瞬间。情急之中，他又向左跳了一下，放出三枪。他感觉好像有两枪都打中了。但是，他突然感觉自己的左肩被什么重重地打了一下，他有些支持不住了，于是倒在了地上。就在这个时候，他看见车轮从那个身体上辗过，这时他才发现，那不过是一个假人，在百货公司就能买到。

邦德强忍住身体上的不适，蹒跚着爬起来，又再次把速度杆压了下去。他知道，如果这时火车停稳了，那么他的处境将会更加危险。他现在已经顾不上左肩的疼痛了。他快速闪到煤箱的左边。这时，他听见四支枪一齐响了。他迅速把头缩回来。四个黑社会头目同时开枪了，但是由于布篷的阻碍，他们都没有打到邦德。但令邦德欣慰的是史科拉现在正痛苦地跪在地上，就好像是一只受伤的野兽一样使劲地摆动着头。邦德猜想，刚才自己一定是射中了他的要害部位。那么，下一步该怎么办呢？尤其是现在，他该怎样对付那四个黑社会头目？

这时，火车车厢后面传来了赖特的声音："听好，你们四个人赶快把枪扔出去，快一点！"随即是一声枪响，"听到没有，我叫你们快一点！难道你们想去跟萨基拉先生做伴？好，现在你们听我的，把手都背到脑袋后面，抱住头，对，就是这样。我亲爱的邦德，现在战斗已经结束啦。你没事吧？我们现在还有最后一关，要快点！"

邦德非常小心地站起来。他简直不敢相信，赖特一直躲在刹车后面的机件箱里。他刚才之所以没有出现，是因为他怕邦德的子弹误伤了自己。是的，就是他！他正脚踩着史科拉的身体。与此同时，邦德这才感到肩膀那儿难以忍受的疼痛。他大声喊道："赖特，你这个浑蛋，你怎么现在才出来？我差点儿没命了！"

赖特大笑起来："放心，伙计，你不会死的。咱们赶快跳车吧。耽搁的时间越久，咱们回家的路就越长。我一会儿还要把这几个家伙交给祁岛港的警察呢！"

"那咱们现在就跳吧！虽然这里是沼泽，但是地面很软，我们不会受伤的。臭是臭了一点儿，只好回去再洒香水了。"

火车转了个弯，邦德抬头一看，就看见了远处那蜘蛛网一样排列的橙河大桥。邦德看了看操作盘上的速度计，发现时速已经达到了三十英里。邦德匆匆看了一眼布篷，在那下面，亨特的尸体随着火车的颠簸一摇一晃，他的脸上还挂着汗珠。在亨特身后的座位上，萨基拉的脑袋已经让赖特用子弹给打穿了，他的整个脸已经变得面目全非。其余的三个黑社会头目已经被这突如其来的变化吓得目瞪口呆。他们本来是来度假的，所以才穿了夏威夷衫。几分钟前，史科拉还可以做他们的安全后盾，但是现在，一切都变了，他们彻底失去了保护。而且在他们的后面还有枪正在威胁着他们。他们彻底被搞得晕头转向，根本就不知道接下来该怎么办才好。一想到他们自己连枪都没有了，他们就觉得十分可怕。这时，车厢里响起了博尔德的声音："一百万元，朋友，你就行行好吧，给我们一条生路吧。我给你一百万，我以我母亲的名义发誓，我肯定会给的。"

白若德和卡弗奇听到这儿，眼睛顿时一亮，他们觉得有希望了:"我也出一百万!"

"我也出一百万!我以我儿子的脑袋发誓!"

赖特非常愤怒地对着邦德吼道:"跳呀,你他妈的,邦德,快跳呀!"

邦德站直了身子,强迫自己不再听那几个人的哀求。他在尽量说服自己:他们刚才不也非常希望看着他被史科拉杀掉吗?甚至在史科拉被击中后,他们还都准备开枪杀他。他们每个人都杀过那么多人,现在是该他们接受惩罚的时候了。邦德踩着车头的梯子,看准了最佳时机,向火车道旁那发臭的沼泽地里纵身一跳。那散发着恶臭的沼泽地瞬间冒出大大的气泡,然后气泡慢慢地裂开,又散发出一股一股的沼泽臭气。

邦德从沼泽地里抬起头,刚好看见赖特在一百码以外的地方跳下车。他感觉赖特的落点好像不是太好,因为他落地以后,半天都没有从沼泽里站起来。突然,邦德发现在离铁桥只有几十码的地方,火车上有一个人跳进了树林中。那个人身材非常高大,身上穿着棕色衣服。没错,这个人就是史科拉!邦德忍不住低声咒骂起来,这个赖特为什么不在他头上再加一枪,把他干掉呢?

邦德看着火车轰隆隆地开上了铁桥。他心里非常纳闷儿,不知道火车什么时候才能停住。如果火车一直停不下来,那车上的三个黑社会头目会怎么样呢?他们会不会就这样逃进山里?或者他们会控制住火车,一直把它开到祁岛去,然后再驾驶着史科拉预先准备的游艇逃到古巴?邦德心中的这些疑问很快就得到了解答:火车开到了铁桥中间,突然,车头就像一匹受惊的马一样腾空而起，与此同时，传来了一声巨响，桥上闪起了一团强烈的火光，铁桥从中间断开了，火车从铁桥被炸断的缺口一头栽到了河里，瞬间溅起了一阵像火山爆发一样的水花。

距离邦德所躺的地方的几码之外，有一群蝴蝶在太阳的照耀下一跳一闪。邦德努力支撑着身体，慢慢地站起来，他挥手赶开那些蝴蝶，蹒跚地、缓缓地向铁桥走去。他想先去看看赖特现在怎么样，然后再去抓刚刚漏网的那条大鱼。

此时的赖特痛苦地躺在散发着恶臭的沼泽地中，他的左腿扭曲得很厉害，像是受了严重的伤。邦德赶紧走过去，他把手指放在嘴唇上，示意赖特先不要出声，然后他在赖特身边跪下，伏在他耳边小声说："很抱歉，现在我没有能力帮你，朋友。我只能给你一颗子弹，你用牙咬着它，说不定能减轻你一点痛苦。我一会儿把你搬到阴凉的地方去。你放心，马上就会有来人来救你的。现在，我还要去追那个杀人魔头，我看见他刚才从桥边跳下来了，你怎么会认为他已经死了呢？你为什么不再给他一枪，结果了他？"

赖特痛苦地呻吟了一声，但是这不是因为身体上的疼痛，而是因为他现在后悔了："当时他身上都是血！"赖特忍着疼痛咬着牙小声说，"而且他的眼睛已经闭上了，我想就算他当时没被打死，也肯会给炸死的。"他笑了笑，"怎么样，我这出戏导演得还不错吧？"

邦德竖起了右手的大拇指："非常精彩，我想现在河里的鳄鱼大概都在进餐呢！不过，你放的那个假人还真是吓了我一大跳。"

"真是对不起，朋友，那都是史科拉吩咐我放的。后来我一想，如果这样的话，我还有机会在铁桥上埋炸药呢！但是我真没想到你会被那个假人给骗住。"

"现在想想，我也觉得当时很傻，"邦德说，"我还以为史科拉昨天晚上把玛丽抓到了。现在这一切都好了。给，你把这颗子弹咬在嘴里，这样能够减轻疼痛。你尽量躺着别动，一动你就会更痛的。我现在把你搬到太阳照不到的地方。"邦德尽可能轻地把赖特拖到树下一块阴凉干燥的地方。

由于疼痛，汗水就像泉水一样从赖特的脸上流下来。邦德让他尽量靠在旁边的树根上休息。邦德看着赖特痛苦的样子，觉得他晕过去可能要比现在好受得多。他帮赖特把手枪从腰间的拔出来，细心的放在了赖特的左手旁边，这样即使史科拉在打败自己之后来找赖特算账，赖特也不至于是手无寸铁。

布置好这一切以后，邦德离开了赖特，向铁桥那边艰难地爬去。

这时已经是下午一点半左右了，火辣辣的阳光炙烤着邦德，他又饿又渴，而且肩上的伤还随着他的脉搏在一跳一跳地痛。他还要走一百码才能到铁桥边。邦德翻起外套的领子，这样好使白衬衫的领子被遮挡在里面，而不至于太醒目。他沿着铁路缓慢地走了二十码，然后走进他左边相对茂密的树林。他认为沿着有树的地方可能比在光秃秃的地上走要安全一些。此时的邦德就像一只惊弓之鸟，他时刻都要竖起耳朵，不放过任何一点细微的声响。

他那两只炯炯有神的眼睛紧紧地望着对面茂密的树林。而这时,由于他身上散发出来的恶臭,苍蝇和蚊子开始向他进攻了。他怕发出声音,又不敢去拍,只能用手轻轻地把它们捻死。不一会儿,他的手上已经沾满了蚊子的血。就在他深入沼泽地二百码时,他忽然听到了一声在努力压抑的咳嗽声。

CHAPTER 15

/ 垂死挣扎 /

这咳嗽声好像是从河对岸二十码以外的地方传来的。邦德赶紧跪下一条腿，屏住呼吸，仔细听着。可是他等了足足有五分钟也没有再传来咳嗽声。于是他手脚并用地向前方爬行着，并且把枪叼在了嘴里，牙齿咬住枪柄。

当他爬到一块干燥的黑泥地上的时候，他一眼就看见了史科拉，他赶紧停下继续爬行的动作，极力屏住呼吸。

此时的史科拉正四仰八叉地躺在地上，背脊靠在一根树根上。他头上的帽子和脖子上的领巾早已经不知道去向，西服的右边也被鲜血给染黑了，上面还爬满了正在贪恋地吸血的昆虫。

虽然史科拉身受重伤，但是他脸上的那双眼睛去还是非常灵活的，他时刻警惕地向四周的空地边缘察看。

突然，史科拉的脸色一变，定住了。邦德猜想，一定是有什么东西突然吸引了他。接着，邦德就发现在旁边的空地上出现了一个阴影，那正是一条大蛇在慢慢地靠近史科拉。

邦德吃惊地看着这一幕，那是一条大蟒蛇，大概有五尺长，应该是没有毒的，可能是被史科拉身上的血腥味引来的。邦德想，不知史科拉知不知道这条蛇是没有毒的呢？他很快就有了答案，史科拉的脸上并没有恐惧的神色，这说明他知道这是一条没有毒的蛇。只见史科拉的右手轻轻地沿着自己的裤脚在移动，他翻起裤腿，从靴子上拔出一把尖刀，他把尖刀横在肚子上面，看上去非常轻松。蟒蛇在距离史科拉几码的地方停了下来，它高高抬着头，那鲜红的、分叉的舌头就好像在打探一样伸缩吐出，接着它高举着头，慢慢地向史科拉逼近。

史科拉仍然非常镇定，他的两只眼睛机警地眯成一条缝。此时，蛇已经爬到了史科拉的裤脚旁，在那里停留了一会儿，它又慢慢地爬到他染满鲜血的衣服旁边。忽然，搁在史科拉肚子上的尖刀像蛇一样地舞动起来，邦德只见刀光一闪，刀尖就果断地插到了蛇头正中的部分，把蛇紧紧钉在了地上。蟒蛇在奋力地辗转扭动，它缠住了史科拉的胳膊，又缠住了史科拉倚靠的树根，它好像在找寻发力的地方。但它刚缠紧树根，神经突然一收缩，便又放松了下来。

经过一番非常痛苦的挣扎，那条大蟒蛇终于渐渐没有了力气，最后躺在了史科拉身边一动也不动。史科拉小心地用手抚着蛇的全身，突然他再次拿起刀子，一下子就割下了蛇头。

邦德小心地跪在树丛里仔细地看着刚才发生的这一幕，从刚才史科拉的动作和表情上来看，他仍然是一个身体非常灵活的人。尤其是刚才捉蛇的这一幕，更加说明他虽然身受重伤，但是却还有非常强的战斗力。现在的他仍然具有非常大的危险性。

史科拉把蛇杀掉后，身子稍微移动了一下，又开始警惕地观察着周围的树林。

当史科拉的目光没有停顿地扫过邦德的藏身之处时，邦德感到非常幸运，因为这意味着自己并没有被发现。

史科拉观察完四周，发现并没有什么危险，于是他拿起那条已经死了的蛇，小心地用刀剖开蛇的腹部，一直剖到蛇的肛门部位。然后他就像是一个外科医生做手术一样，熟练地把蛇皮从红红的蛇肉上剥掉，然后把蛇肚子里不要的东西都丢到了一边。将蛇剥好后，他又警惕地观察了一遍周围的树林，然后非常小心地用手捂着嘴咳嗽了一声。邦德由他的这种情形判定，子弹肯定打中了史科拉的右胸，很有可能差一点儿打中了他的肺。

在断定周围没有什么危险之后，史科拉便如饿狼一般大口大口地咬着蛇肉吃了起来。

邦德看到时机成熟，于是冷静地站起来，手里拿着枪，悠闲地走到了史科拉的面前。但是令邦德吃惊的是，史科拉几乎都没有抬头，他仍然抓着蛇，大口大口地吃着蛇肉说："你走得可真慢，怎么样？要不要来点肉尝尝？"

"不了，我一般喜欢用牛油炸熟了蛇肉再吃。你还是自己吃吧！"

史科拉鄙夷地朝邦德歪歪嘴，又指指自己身上的那件血衣："是因为害怕一个要死的人吗？你们英国人可真是熊包。"

"你都要死了，可是杀蛇的动作倒是挺灵活的。你还有武器吗？"史科拉动手要解开衣服，邦德赶紧喊道："慢点，别乱动。现在听我的，把你的皮带和肩膀露出来，快点，然后用手拍拍你大腿的内外两侧。其实我应该亲自动手的，但是我实在不想和那条蛇有同样的下场。听着，赶快把你的刀子丢到树林里。对，就是丢到那边，快！我今天的手指头好像有点不太听话，要不然我早就开枪了。"

突然史科拉手腕一动，把刀子高高地抛向空中。只见银色的刀子就像车轮一样在空中打转，邦德赶紧跳开。而刀子落地时正好就插在了邦德刚才站的地方。史科拉得意地哈哈大笑起来，接着他剧烈地咳嗽起来,他的脸以为咳嗽而痛苦地变了形。随后他吐出了一口红色的痰,邦德猜想他的内伤应该不是太严重,可能只是肋骨断了一两根,如果住院接受治疗的话,大概两个星期就能康复了。

史科拉完成邦德那一系列的吩咐之后,一直默默地注视着邦德,他的脸上仍然挂着那副冷酷的表情。他又重新拿起那条蛇,满足地啃起来,嘴里含糊不清地问道:"你现在满意了吗?"

"还好吧!"邦德蹲下来,把枪拿在手里晃着,枪口指着他们两人之间的地面。

"我们谈谈吧。以我的判断,恐怕你活不了多长时间了,史科拉,你杀了太多人了,这里面还有我很多朋友,所以我有权力杀你,不过你放心,我会让你死得痛快的。我绝对不会像你一样,你还记得吗?你是怎么样对待马基逊的,你把他的膝盖和胳膊肘都打断了,这还不够,你还让他舔你的靴子。做出这种惨无人道的事你还到处炫耀?当我听说这件事的时候,我就发誓一定要亲手杀了你。说,你究竟杀过多少人?"

"算上你一共五十个。"史科拉啃完蛇骨头上最后一点肉,然后把骨头扔在了邦德面前,"现在我已经吃完了,你快动手吧,你休想从我这里问出什么东西。你不要忘了,有许多神枪手都曾经向我开过枪,但是我却还继续活在这个世界上。枪杀一个身受重伤并且已经毫无抵抗力的人好像不是一个英国绅士应该做的事吧?我想你不会这样做的。你一定是想在这里和我一边闲聊一边等人来支援你。其实,即使你们把我抓起来,又能治我什么罪呢?"

"第一点，酒店的河中还躺着那位惨死在你手下的洛克逊先生，你别忘了，他的头里还有一颗你那著名的子弹呢！"

"你不要别忘了，亨特的两眼之间也有你的一颗子弹。要是坐牢的话，大概我们要一起坐牢吧！对了，洛克逊的事你是怎么知道？"

"你难道不知道，你的电话机上被搭了线？你这些天总是出错，你最大的错误就是请错了职员，你知道吗？你的两个经理都是美国中央情报局的人，这个时候，录音带大概已经寄到华盛顿了。你可能已经忘了，那上面还有你承认杀了洛斯的话。总之，这次你是死定了。"

"录音带好像在美国法庭上不能算证据吧？不过我明白了你的意思，那么，小子，"史科拉慷慨挥挥手，"我给你一百万，咱们这个事就了结吧，怎么样？"

"一百万？刚才在火车上可有人出三百万呢！"

"那好，我加倍。"

"太遗憾了，"邦德站起来。一想到即将要杀一个没有一点儿抵抗力的人，他的心里就有一些动摇，此刻，他的左手在背后握得紧紧的，他的人格好像在反对他这样做。但是他极力地强迫自己去想想马基逊死的时候的样子，想想史科拉杀过的那些人，想想要是他这个时候软弱的话，史科拉又会再杀多少人。这个人简直就是一个杀人不眨眼的魔鬼。

邦德现在已经完全控制了史科拉。他安慰自己，他本来就是奉命来杀史科拉的。不管史科拉被杀的时候是躺着还是站着，他都必须立即干掉他,这是他的任务,是义不容辞的。邦德努力表现出一副冷酷的样子:"在死之前,你还有什么要说的?有什么人要我帮你照顾吗?如果是你私人的事情,我一会儿竭尽全力替你办的,并且会为你保守秘密。"

史科拉突然哈哈大笑起来,"多么标准的英国绅士啊!我还真没有说错,不过,你总会像书里写的那样,要把枪给我,让我自杀吧?你应该非常清楚,只要枪一到我手里,我就会让你的人头落地。"史科拉的那双眼睛还是那么傲慢地看着邦德。

邦德仔细地观察着史科拉。这人再过几分钟就要命归黄泉了,但是他的心怎么会一点儿也不慌乱呢?难道他还有什么把戏没使出来?他会不会还暗中藏有武器?这个时候的史科拉显然是全身放松地躺在地上,他的胸部上下起伏。而那张脸上一点儿也看不到屈服的神色。终于,邦德慢慢地举起了手里的枪,对他说道:"好了,你完了。放心吧,我会让你死得痛快的!"

史科拉慢慢地向着邦德伸出一只手,脸上第一次流露出了一点儿正常人该有的神色。他看上去非常吃力地说:"好吧,朋友!"接着,他近乎哀求地说:"我是个天主教徒,就请你让我做最后一次祈祷吧!我祈祷一结束,你就可以向我开枪了。我想好了,人总是难免一死嘛!死在你手里,我认为是值得的。我只是埋怨我的运气不够好。如果刚才我的子弹能再打得偏右一些,那么现在躺在这里祈祷的就应该是你了。我可以祈祷了吗,朋友?"

邦德放下枪,疲乏地说:"好吧,但是我只能给你一分钟。"

"太谢谢你了,朋友。"史科拉用他那脏兮兮的双手捂住眼睛,嘴里念着一连串的拉丁文。邦德疲乏地站在阳光中，枪垂着，他看着史科拉，但是视线却渐渐地松散了，他的潜意在告诉他，杀一个没有抵抗能力的人是不道德的。

史科拉的双手一分一分地向脸的一侧慢慢移动，移到耳边的时候便停住了，但是他的嘴里还继续念念有词地念着拉丁文。

突然，史科拉把手伸进西服的衣领里，从里面拿出一把金色的手枪，并且以迅雷不及掩耳之势朝邦德开了一枪。邦德就像被突然打了一拳一样，一下倒在了在地上。

这只小手枪现在只能发射一发子弹。史科拉见此情形，马上丢下枪，像一只猛虎野猫一样扑向邦德，他抓起那把刀子，向邦德扑来。

就在这时，邦德如垂死的猛兽一般，突然扭转身，对着史科拉连续开了五枪。

史科拉直立一阵，眼睛看着天空。他的手不停地抽搐着，刀子从他的手上掉到地上，接着他扑腾一声也倒在了地上。

一队穿着威武整洁警服的警察迈着庄严的步伐从铁桥上走下来，他们沿河而行。牙买加的警察从来不跑步的，因为他们认为那样会有失他们的尊严。他们听正在医院接受治疗的赖特说，在这片沼泽地里有一个好人正在追杀坏人，很可能会发生枪战。刚开始没有人相信赖特说的话，后来赖特表明他是美国中央情报局的人，他们这才有些紧张起来，赶紧派警察追到这片沼泽地。

他们顺着枪声响起的方向去找寻。因为他们是这里土生土长的人，所以对沼泽十分熟悉，走起来非常敏捷和熟练。

警察们注意到，老鼠和另外一些小动物的足迹都是朝着同一个地方行进的，后来，他们透过树叶，看见了史科拉身上闪着血光的衣服。他们小心地注视着、聆听着，直到发现确实已经没有动静了，才庄严地走到空地中央，他们看见地上躺着两个人，两个人的旁边还有他们各自的枪。于是，警察取出一支特制的警笛，长长地吹了三声。然后他们在地上坐了下来，取出记事簿，开始动手写报告。

JAMES BOND

The Man with the Golden Gun

CHAPTER 16

/ 劫后重生 /

邦德在一星期后终于恢复了知觉。他躺在一间挂着绿色窗帘的病房里，但是却觉得自己好像是沉在海底。他试图放开喉咙大声喊叫，最后却只是发出一声低低的呻吟。护士小姐听到声响，立即来到他身边，她用清凉的手摸了摸邦德的额头。邦德模糊地看着护士，心里想，原来美人鱼是这个样子的！他张开嘴，喃喃地说道："你真是美……"随后又昏迷了过去。

两星期后，邦德已经能坐在椅子上了。他认为是医生们工作做得出色，才使他这么快就恢复过来。虽然医院的护士非常美丽，但他还是想快点儿离开这里。他看了一眼手表，已经下午四点，快到探视病人的时间了，他知道，玛丽很快就会来看他的。

没过多长时间，玛丽就来了。她带来了一封密电和译电本。

玛丽帮助他把密电译出来一看，发现并不是什么了不起的机密。这封电报是局长拍来的，说英国女皇为了表彰他劳苦功高，决定封他为爵士，问他接不接受，还要他从速复电。邦德一向对那些虚荣的东西非常不屑，所以他马上向玛丽口述复电，婉言谢绝女皇的美意。

玛丽记好邦德的复电，合上了手中的速记本子。

邦德微笑着看着她，问："还有什么别的事吗？"

"还有一件事，"玛丽看着邦德说，"我听护士长说你这个周末就可以出院了，但是出院以后还要再休养三个星期。这段时间你打算去哪儿呢？最好是离医院近一点儿的地方。"

"我还没有想过这个问题。你有什么好的建议吗？"

"嗯，我在附近的山上有一幢小别墅，"玛丽小声说，"别墅里有一间空房，打开窗户就可看见金斯顿海港。而且那座山上非常凉快。如果你愿意的话，可以和我共用一个浴室，"玛丽的脸一红，"你也知道，我没有家人在这里。而且，牙买加的人好像也不太在乎这种事情。"

"不太在乎哪种事情？"邦德开玩笑地问玛丽。

"别装傻，邦德，你应该知道的，当然是未婚男女住在一起的那种事了……""哦，原来你说的是那种事情。我倒是非常愿意。唔，你的卧室是不是粉红色的？而且还有白色的窗帘和蚊帐？"

玛丽非常诧异地说："你怎么知道的？"见邦德没有回答，她又说："邦德，我的那个别墅离乡村俱乐部很近，等你身体好点儿后，你就可以去那儿玩桥牌，还可以去打高尔夫。我就在别墅里给你烧饭、缝衣服……"

玛丽向邦德描述了一幅幸福而又宁静的家庭生活画面，但是不知道向来无拘无束的他会不会喜欢？

图书在版编目（CIP）数据

终极武器 /（英）弗莱明著；徐建萍译. — 北京：北京联合出版公司，2016.4（2019.3重印）

（007典藏精选集）

ISBN 978-7-5502-7138-8

Ⅰ. ①终… Ⅱ. ①弗… ②徐… Ⅲ. ①长篇小说－英国－现代 Ⅳ. ①I561.45

中国版本图书馆CIP数据核字（2016）第020948号

终极武器

作　　者：伊恩·弗莱明
出版统筹：新华先锋
责任编辑：夏应鹏
特约编辑：刘　柳
封面设计：吴黛君
版式设计：朱明月

北京联合出版公司出版
（北京市西城区德外大街83号楼9层 100088）
三河市嘉科万达彩色印刷有限公司印刷　新华书店经销
字数133千字　620毫米×889毫米　1/16　12印张
2019年3月第2版　2019年3月第2次印刷
ISBN 978-7-5502-7138-8
定价：59.00元

未经许可，不得以任何方式复制或抄袭本书部分或全部内容
版权所有，侵权必究
本书若有质量问题，请与本社图书销售中心联系调换
电话：010-88876681　010-88876682